HALT!

Dies ist die letzte Seite des Buches!

DEFENSE DEVIL ist ein japanischer Comic. In Japan liest man von »hinten« nach »vorn« und von rechts oben nach links unten, also einfach spiegelverkehrt. Wie's funktioniert seht ihr an der Grafik, die wir für euch abgebildet haben. Schlagt das Buch also auf der anderen Seite auf!
Viel Spaß mit DEFENSE DEVIL!

CARLSEN MANGA·Deutsche Ausgabe/German Edition

Aus dem Japanischen von Yohana Araki
DEFENSE DEVIL 1 and 2 by Youn in-wan, Yang kyung-il

Original Japanese edition published by SHOGAKUKAN.
German translation rights in Germany, Austria, Liechtenstein and German speaking area in Switzerland, Belgium, Italy and Luxembourg arranged with SHOGAKUKAN.
Original Cover & Logo Design: Koji INAMI + Bay Bridge Studio
Redaktion: Jonas Blaumann & Lisa Gocke · Textbearbeitung: Germann Bergmann · Coverdesign: Peter Mrozek
Produktionsmanagement: Tobias Hametner · ISBN 978-3-551-80589-8 · Alle deutschen Rechte vorbehalten.

Hey, Herr Youn! Hast du gestern das Fußballspiel gesehen?
Alle vier waren nett und sehr hübsch!
Vor fünf Jahren hatte ich einmal eine Unterhaltung mit den vier von CLAMP.
Im Fußball sind die Koreaner doch besser als wir.
Mist, wir haben verloren!
Ach wo.
Verdammt!
Das war doch ganz knapp.
Der damalige Redakteur von mir.
Ich hörte, Sie sind alle noch unverheiratet?
Nh?
Herr Youn! In Japan ist diese Frage an Frauen ein Tabu!!
Entschuldigen Sie, er ist der japanischen Sprache noch nicht mächtig!
Schon gut.
Ach, wirklich?
Herr Youn, hast du etwas hinter meinem Rücken gemacht?
Nein, gar nichts.
Die Frage wäre in Korea ebenfalls sehr unhöflich.
Jetzt, nach fünf Jahren, wenn ich daran zurückdenke...
* Liebe CLAMP, das tut mir aufrichtig leid!

ENDE

... und freundet sich schnell mit jedem an.
Ja, das stimmt!
Herr Yang ist sehr gesellig...
Hahaha!
Ich hörte, bei Japanern unterscheidet sich das Gesagte von dem Gemeinten.
Lass uns auf den Markt gehen!
Muss das sein...
Er ist immer ganz geradeaus.
Hey, Herr Youn! Hast du gestern das Baseball-Spiel gesehen?
Aber Herr ST, ein Autor vom Verlag Shogakukan, ist da anders.
Annyoeng-haseyo!
Was ist heute zu empfehlen?
Heute ist das Gemüse ganz frisch!
Hey, das ist ein Manga-ka!
Tja, Korea muss noch ein wenig üben. Im Baseball sind wir viel besser als ihr!
Japan hat gewonnen. Herzlichen Glückwunsch.
Stimmt.
Übung macht den Meister!
Ja, wir geben uns Mühe.
Wahnsinn, dort ist es schon schwarz von Menschen...
Jubel, jubel!
Der Manga-ka!
Wie bei einer Wahlkampagne...
Viel Erfolg!
... nervt mich das...
DUSCH
Irgendwie...

Bonusmaterial

Fortsetzung von Korea an-nyeong*!

YOUN IN-WAN

Seit diese Wochenserie begonnen hat, fliege ich sehr oft zwischen Japan und Korea hin und her. Trotzdem kann ich mich immer noch nicht an das Fliegen gewöhnen... »Ich habe nämlich Höhenangst.«

* »an-nyeong« heißt »Hallo«.

DEFENSE
DEVIL

Bei der Arbeit an »SHIN ANGYO ONSHI«, konnte ich kein Wort Japanisch sprechen.
Bei allen Besprechungen war ein Dolmetscher dabei, der übersetzte.
Jetzt kann ich im Großen und Ganzen selbst Japanisch sprechen...
... und benötige keinen Dolmetscher mehr.
Ich kann schon hundertprozentig in Japanisch kommunizieren!
SUPER!
Das strengt mich gar nicht an.
Das Problem ist, dass es mein Gegenüber anstrengt...
Protagonist ist Mann.
Aha, der Protagonist ist also ein Mann?
Anwalt.
Und sein Beruf ist Rechtsanwalt?
Herr Yang arbeitet in Korea. Bei einer Besprechung mit dem Redakteur...
... benutzt er das Internettelefon.
Da Herr Yang kein Japanisch kann...
Die Manuskripte habe ich geschickt.
Mit Handzeichen und Gesten.
Vielen Dank.
Entschuldigen Sie die Verspätung.
Ist nicht schlimm.
Wie bei den Baseball-Trainern.
Toll!! Die Verbindung steht.

ENDE

Herr S, der zuständige Redakteur von »DEFENSE DEVIL«...
... sagt niemals »NEIN«.
Bekommt der Protagonist einen Assistenten?
Ja. Ja.
Ist er ein typischer Japaner?
Eine traurige Vergangenheit?
Ja. Ja.
Eine Sexy-Hexy auch dazu?
Ja. Ja.
Laden Sie mich zum Abendessen ein?
Echt?
Ja. Ja.
Erhöhen Sie auch mein Honorar?
Nein!
Im Serienverlauf von »SHIN ANGYO ONSHI«, war Herr Yang...
... ziemlich korpulent, jedoch...
... nachdem er entschlossen ein Jahr lang Diät gemacht hatte...
... war er zu einem gut aussehenden Mann geworden.
Doch durch den mörderischen Zeitplan der nachfolgenden Serie, die im Wochentakt erschien, schaffte er es nicht mehr, sein Essen zu kontrollieren.
Trotzdem machte er mit dem Sport fleißig weiter und die Folge davon ist...
... er sieht nun aus wie King Kong...
Soll ich's ihm sagen oder nicht?

* »an-nyeong« heißt »Hallo«.

Bonusmaterial

BOMB
?!
Hää?!
Was war das?
Kh kh kh...
Ki ki ki...
Fortsetzung folgt in DEFENSE DEVIL MASSIV Band 2

Was soll das, Herr?!
Warum lasst Ihr Euch verarschen?!
Überlasst sie nur mir! Ich werde aus ihr...
... Hackfleisch machen und sie im Fegefeuer braten!
Los, greif an, elender Mensch!
In Namen der Dämonen werde ich dich in die Hölle schicken!
DASH
Es war doch...
... nur ein Missverständnis.
Was?
Mach dich bereit!
WUAMM
Hey, Bichura!

Ich bin zwar ein Dämon, aber auch ein Anwalt.
Bitte erzähl mir doch, was passiert ist.
Falls wir Dämonen einen Fehler begangen haben...
... ist es meine Pflicht, ihn wiedergutzumachen.
Seltsamer Typ...
Ist er wirklich ein Dämon?
Jetzt bin ich...
... verwirrt!
...

Ich verbitte mir, dass du...
... mich noch einmal ansprichst...
Von Geburt an...
... kannst du nur der Feind der Menschen sein.
... der am Ende darunter leidet...
... bist du.
Ich weiß nicht, warum du so einen Hass auf Dämonen hast...
... aber nicht alle Dämonen fügen den Menschen Leid zu.

War das alles geplant, um mir näher zu kommen?
Du bist von den Dämonen, denen ich bisher begegnet bin, der bösartigste!
Hör auf, Bichura!
Du denkst wohl, du kannst dir alles bei ihm erlauben, was?
Das ist ein Missverständnis.
Ich wollte dich nicht belügen!
Warum jagst du Dämonen?
Was haben wir getan...?
WUASCH
WAMM

Der Dämon, den du suchst...
... das bin ich.
Ich verstehe...
Dann passt ja alles zusammen.
WUASCH
ZACK
Alles in Ordnung, Herr?
Ein wahrhaftiger Dämon.
Deine Methoden sind zum Kotzen!

Mein Name ist...
... Mephisto Barto... Kucabara.
Das glaube ich nicht.
Ich nehme an dir gar kein Dark Matter wahr.
Der Grund ist, dass mir meine Kraft genommen wurde.
Es gab dafür gewisse Gründe...

KAWUMM
Uurg...
Alles in Ordnung?
Davon abgesehen...
... kannst du...
... diesen Dämon sehen?
Tja, es ist so...
GRIP
Endlich habe ich Euch gefunden! Warum verschwindet Ihr denn?
TRAMPEL
POLTER
Um Euch finden zu können, musste ich von Elimona teure Utensilien kaufen!
FAST FOOD
BLUME
Ach ja, du! Was sollte das eben?!
Halt, Bichura!
Glitzer Reinigung
BLUMENFELD
...
Wie soll ich das verstehen?

DA BA BA BA BABA DAB
Shit! Will diese Tusse mich tatsächlich fertig-machen?
So 'n Mist. Ich wollte nie gegen Menschen kämpfen, aber...
... jetzt bin ich echt sauer!!
BADUMM
Halt, Bichura! Bis hierher und nicht weiter!!
!

ZA
SCH
Waaaah ?!
Was soll das, Mensch ?!
Woher weißt du, dass ich hier bin?
BUMM
Ach so! Sie...
... hält Bichura für mich!
Oje, was mache ich jetzt? Wenn sie heraus- findet...
... dass der Dämon den sie sucht, eigentlich ich bin...?!
Bitte?
DAB
Holy Storm!

PATT
DAAB
DA...
Lade
passa
Bananen
BAR
Himm

SCHHHHHHH
Du meintest doch, wenn ich diese Arbeit gerne mache...
... sollte ich ein noch viel fröhlicheres Gesicht machen.
Ich zeige dir...
... wie glücklich ich aussehen kann.
!
Herr!
Dort also!

Da ich dir eventuell Unannehmlichkeiten bereite, möchte ich im Vorfeld etwas erklären.
Du wirst es mir vielleicht nicht glauben...
... aber ich bin eine Exorzistin und jage Dämonen!
Ich beschwöre die Dämonen mit Gewalt herbei, die den Menschen...
... Leid und Schaden zufügen, und verbanne sie.
!
Moment mal! Einen Dämon verbannen? Kann ein Mensch so etwas...?
Der Dämon, den ich heute herbeigerufen habe, ist...
Mephisto Barto...
... Kucabara!
Wie bitte? Heißt das, diese Frau ist schuld, dass ich plötzlich hierher gekommen bin...
... und sie hat mich die ganze Zeit gesucht?

Mein Herr!
Wo seid Ihr?!
Bichu...
Entschuldige mich kurz!
Bichura ist gerade in einem Modus, in dem er für die Menschen unsichtbar ist.
Dort, Richtung Himmel.
Von dort aus spüre ich das Dark Matter.
KABUFF
Dann habe ich mich wohl...
... in ihm getäuscht.

Ahm... Ich will nicht unhöflich sein, aber wie ist dein Name?
Doch nicht etwa...?!
Ich habe doch von hier aus das Dark Matter gespürt.
Oh... Mein Name ist...
Mein Herr!!

Und dieses Fräulein...
Sie verbirgt doch auch etwas Ungeheuerliches, nicht wahr?
Sie sollen sich also gegenseitig die Augen öffnen...
Na schön...
Lass uns darauf hoffen.
Ihre heutige Begegnung...
... wird mit Sicherheit eine neue Geschichte in der Dämonenwelt einleiten!

Das Grenzgebiet zwischen Event Horizon...
... und der Menschenwelt.
Den Namen der Zielperson, den du mir gegeben hast, habe ich weitergegeben.
Ist es denn in Ordnung, Informationen von so einer hochrangigen Person preiszugeben?
Er ist noch ein Küken, das noch nicht einmal selbstständig ist...
Wenn er wirklich das Kind des Löwen ist, wird er wohl die Klippen allein hochklettern können.
Obwohl in der Dämonenwelt, in der er gelebt hat, eine große Veränderung im Gange ist...
... hat er seine Augen nur auf die Menschenwelt gerichtet.
Da muss ihn doch jemand in den Hintern treten.

JUDGMENT-4
DAS GEHEIMNISVOLLE
MÄDCHEN 3

Doch nicht etwa...?!
Aber was bedeutet es, dass gerade er bereits zwei Mal ...
... an einer Stelle ist, wo eigentlich ein Dämon sein sollte...
Ahm... Ich will nicht unhöflich sein, aber wie ist dein Name?
Oh...
Mein Name ist...

Nanu?
Warum?
Warum ist er wieder...?
Hahaha, da sehen wir uns ja wieder.
Gut, ich wollte nämlich...
Verlass diesen Ort.
Es ist hier sehr gefährlich.
Wovon redest du?
Ich kann es dir nicht sagen...
Merk-würdig.
Ich habe doch von hier aus das Dark Matter gespürt.
!

Das Dark Matter, das mir Bichura für den Notfall mitgegeben hat...
Wenn ich so viel habe, kann ich mich in meine alte Gestalt zurückverwandeln. Dann wird es sicher irgendwie schon gehen...
PVOPP
SCHHHH

Bitte?
Wow...
Sie ist süß.
Nun habe ich sie doch nicht nach ihrer Adresse gefragt.
Ich werde sie sicher nie wiedersehen.
Abgesehen davon...
... wie soll ich von hier wegkommen?

Das zu tun, was nur du tun kannst, heißt, auf der anderen Seite...
... dass du dich dafür opfern musst.
Deswegen, halt durch und gib dein Bestes!
Ich...
... gebe immer mein Bestes.
Ich muss schnell weg.
Wenn ich mit ihm spreche, das macht mich...
Also dann.
Ach ja, da du mich eingeladen hast...
... könntest du mir, wenn es dir recht ist...
?

Wenn du das gerne machst...
... solltest du ein fröhlicheres Gesicht machen.
...
Ja? Bitte?
Ich glaube, irgendwie hast du mich missverstanden...
Ich bin sehr glücklich.
Das ist mein Becher.
!
Du scheinst fertig zu sein. Dann lass uns gehen.
Ich drücke dir auf jeden Fall die Daumen.

Oh, ent-schuldige. Ich wollte dich nicht mit Fragen bombardieren...
Wenn ich hierher komme, dann bin ich immer leicht aufgeregt.
Wenn er hierherkommt?
Die katholische Kirche ist eine religiöse Gruppe, die an Jesus Christus glaubt.
Ich war Mitglied in der Kirche...
... aber jetzt habe ich mit ihr gebrochen...
... um das zu tun, was nur ich tun kann.
Aha... das, was nur du machen kannst?
Ich verstehe es zwar nicht...
... aber bist du...
... wenn du das tust, glücklich?
Bitte?
Weißt du, wie soll ich es sagen...
Du machst, wenn du davon erzählst...
... so ein furchtbar düsteres Gesicht...

Die katholische Kirche hat für Menschen, die sich kein Essen leisten können, ein Unterstützungsprogramm.
Mein Bekannter könnte dich ab und an mit Essen versorgen.
ZUCK
J...Ja, echt?!
Ah... doch nicht.
Es freut mich, aber ich kann dir meine Adresse nicht sagen.
Ich kann ihr unmöglich sagen, dass ich in Event Horizont lebe.
Ah ja, dann...
Wohnt er etwa an solch einem schlimmen Ort, dass er es nicht einmal mir sagen will?
Davon abgesehen, wen hast du gesucht?
Ich könnte dir bei der Suche behilflich sein.
Verzeih, auch ich kann es dir nicht sagen...
Na gut, dann frage ich etwas anderes.
Du trägst ja sehr ausgefallene Klamotten. Was machst du so?
Du meintest eben etwas von katholisch oder so...
...
?

GERÜÜÜHRT
Es tut mir leid, dass ich dich eben erschreckt habe.
Bitte iss.
Ich habe noch nie so etwas Leckeres gegessen!
MAMPF MAMPF
So schmeckt also ein Hamburger!
Willst du nicht auch etwas essen?
Nein, ich...
Mein Budget ist bereits über-schritten.
Das ist aber echt super-lecker!
Wahnsinn!
Ist er etwa sehr arm?
Kaum zu glauben, dass das sein erster Hamburger ist.
Wenn es dir nichts ausmacht, gib mir doch deine Adresse.

... Verzeihung.
Ich habe dich mit jemandem verwechselt...
Hast du hier jemand Verdächtiges gesehen?
Jemand mit strengem, finsterem Gesichtsausdruck?
Ich kann gar kein Dark Matter wahrnehmen... Aber warum?
Er muss hier irgendwo gelandet sein.
Einen Verdächtigen? Nein... ähm...
Ich habe niemanden gesehen...
Ach so.
Tss, dann ist er wohl in die Dämonenwelt geflüchtet!
KNURR
Hä? Ist das peinlich.
KNUURR
WUPP
KNUUURRR

DAB
WAAAAAH?!
Nein, das ist er nicht!
BUFF
SCH
TAPP

Mist! Ich habe ihn im Affekt weggeschlagen!
Oh Gott, wenn er jetzt in der Stadt landet...
Ich muss mich beeilen!
DADADADAB
NUOOO!!
BUFF
Ich verstehe gar nichts mehr...
Da hat mich doch jetzt jemand geschlagen, oder?!
?
Nanu? Bin ich...
... in der Menschenwelt...?!
Wie kann so etwas passieren?
Dabei habe ich doch gar keinen Vertrag abgeschlossen...?

Nh?
KYA-AAAA-AAH!
GHÄ-ÄÄÄ!

Nein, mir ist echt ganz komisch...
Als ob mein Körper gewaltsam irgendwohin weggezogen wird...
Mephisto Barto Dertov...
Reffert Lark...
Kucabara!

SCHLAPP
Ich hab Euch
Nh? Was ist das?!
Was ist das für ein Gefühl?
Mephisto Barto Dertov...
... Reffert Lark Kucabara!
Uh! Uuuäää!
Was ist denn? Ich falle darauf nicht he-rein!

Iiii, was soll das denn?
Ich habe es im Guinness-buch gesehen...
... und wollte es mal auspro-bieren!
Macht die Dinger ab! Sofort!
Nein, ich will bis an meine Grenzen kommen!
KLONG
GUSCH
Mephisto... Barto... Dertov...
Reffert... Lark... Kucabara!
Reffert Lark
Kucabara

Die Menschen-welt...
Ich bin mir ganz sicher.
Hier wurde Dark Matter ein-gesetzt.
Es an solch einer Stelle zu benut-zen...
Glaub ja nicht, dass du hier lebend wieder weg-kommst, Kucabara!
Event Hori-zon...
Bichura!
Wie findest du das?

The slaughter Dobermann
JUDGMENT-4
DAS GEHEIMNISVOLLE MÄDCHEN 2

Dieses Mal soll das Zielobjekt...
... ein ziemlich großer Fisch sein.
Wer übermittelt Ihnen immer diese Informationen...
... Pater Seruma?
Das...
... kann ich dir nicht sagen.
Ein großer Fisch also... Ich habe das Gefühl, meinem Ziel nähergekommen zu sein.
RSCH
KNI
Den nächsten werde ich auch mit Sicherheit erledigen.
Mephisto Barto...
... Kucabara!

Du weißt es doch, Elimona.
Was meinetwegen in der Dämonenwelt passiert ist.
Ihm habe ich es versprochen...
... dass ich vor nichts mehr Angst habe.
Idamaria.
Ich habe neue Informationen aus der Dämonenwelt erhalten.

Von Geburt an...
... kannst du nur der Feind der Menschen sein.
Verstehst du, was ich dir sagen will? Auch wenn du mit den Menschen immer tiefer verbunden bist... der, der am Ende darunter leidet...
... bist du.
So, jetzt ist die Predigt vorbei!
Also dann. Tschüss, Kucabara.
Das...
... interessiert mich nicht.

Wie heißt du mit vollem Namen?
Du als Mitglied der Königsfamilie hast sicherlich einen laaaangen Namen.
Mitglieder der Königsfamilie besitzen alle mehrere Vornamen.
Mein voller Name lautet, »Mephisto Barto Dertov...
... Reffert Lark Kucabara«.
Sehr lang...
Warum willst du plötzlich meinen Namen wissen?
Darf ich ein wenig mit dir schimpfen?
Ich zum Beispiel lebe in Event Horizon, weil...
... das Leben in der Dämonenwelt nicht zu meinem Naturell passte.
Aber du, Kucabara, du bist anders als ich.
Du bist ein Dämon und gehörst zugleich der Königsfamilie an.

Was führt dich denn zu mir, Elimona?
Ich wollte mal sehen, wie du lebst.
Hier, die neue Devil-Litmus-Card, die vom Kampf...
... gegen Sugal.
Und die Zeitschriften aus der Menschenwelt, um die du mich gebeten hast.
Ooh! Die neueste Ausgabe von Shocking World!
Nein?! Echt?!
Hier steht, dass eine Katze Babys von einem Hund austrägt!
Aha!
...
Sag mal...

Die Menschen versuchen viele Dinge und nehmen mit aller Inbrunst Herausforderungen an, die auf den ersten Blick völlig sinnlos erscheinen, um darin einen Wert für sich zu entdecken.
Es ist gar nicht sinnlos. Wenn du das Guinnessbuch liest...
... verstehst du die Menschen richtig gut.
Versuch es doch selbst.
Die nächste Herausforderung ist, wie oft man hintereinander furzen kann...
Dann arbeitet lieber!
KADUFF
BUMM
BUMM
Ach, schau mal, ein Guinnessbuch.
Aha, scheint interessant zu sein.
Willst du etwas mit mir ausprobieren?
Wie wär's, zum Beispiel, wie lange man sich am Stück küssen kann?

Event Horizon
Kucabara
Das läuft bestens.
Ich schaffe es, im Namen des Dämons...
Yeah!
Damit kann ich mich sogar im menschlichen »Guinnessbuch der Rekorde« als Herausforderer qualifizieren.
PUUUUST
Hey! Was soll das denn?!
Das habt Ihr also den ganzen Tag gemacht, anstatt zu arbeiten?!
Wie könnt Ihr immer bei solch sinnlosen Dingen so motiviert sein?!

Lassen Sie mich das nicht immer wieder-holen.
Sie wissen doch, was sie mir an-getan haben...
Bis ich alle Dämonen auf der Welt erledigt habe...
... werde ich Seite an Seite mit meinem Herrn Jesus Christus kämpfen.

BRUMMMMM
Ist das nicht ein bisschen viel...
... Ida-maria?
Hörst du mir zu?
Das Dark Matter der Dämonen zu beseitigen ist sehr kost-spielig.
Sie wissen doch auch, wie teuer dieses Kreuz war.
Wenn man an die Zukunft denkt, kann kei-ne Summe zu hoch sein.
Du willst also wirklich ernsthaft...
... Dämonen jagen?
Nicht gucken!

Ich kann immer noch nicht glauben, was eben passiert ist, wenn ich es nicht mit meinen eigenen Augen gesehen hätte.
Und ich dachte, so etwas gibt es nur in Filmen.
Auf jeden Fall hat es uns sehr geholfen!
Mit Ihrer Hilfe, Schwester...
Herr Kommissar!
Das macht dann 300.000 Dollar.
Die Vergütung für meine exorzistische Arbeit.

Amen!
The slaughter Doberman
PENG

!
Gaaah!
Hey, was ist das?!
BZZZZ
...
Das ist das Kreuz des heiligen Petrus.
Du kannst dich niemals davon befreien.
BZZZZ
BZZZ
ZHAB
Herr, du bist bei mir...
... niemand soll mich ängstigen.
Herr, du bist mein Licht...
... wovor sollte ich mich fürchten?

KT
SCH
FYT
Iiiii?!
TAPP
Ich glaub's nicht!

Wer wagt es, mich zu stören?!
Suchst du etwa Streit mit mir?!
BADAMM
Das wollte ich dich fragen.
Wag es ja nicht... so mit mir zu reden!

Beril Bes Topas.
Beril Bes Topas...
Beril Bes Topas...
Sie murmelt gegen die Autoscheibe...
Pater, das meint sie doch nicht ernst...
SCHHHHH
Ahhhh, was ist das für eine Schei-ße?!

Beril
Bes
Topas
GWIIIIIN
KLATSCH
Du stecktest also dahinter.
Elender Dämon.
Aber deinen üblen Taten setze ich nun ein Ende.
Ich kenne bereits deinen Namen.
KNIRSCH

Sie war ...?
Es gab da einige Vorfälle...
Sie wurde von der römischen Kurie ausgeschlossen.
GRIP
Warte, ein Weib soll...?
Schht.
Es hat begonnen.

Die Menschenwelt...
Pater, das hier ist kein Kinderspiel.
Warum sind wir gerade auf solche Typen angewiesen? Was denken sich meine Vorgesetzen dabei?
Ist das nötig, dass wir den Fall mit Hilfe von Exorzisten lösen?
Muss es dabei unbedingt eine Schwester sein?
Hier gab es bereits zehn Unfälle durch unbekannte Ursachen.
Bei unlogischen Phänomenen ist es gar nicht so unsinnig, sich mal der ganzen Sache aus einer anderen, unlogischen Denkweise zu nähern, oder?
Machen Sie sich keine Sorgen, Herr Kommissar.
Idamaria war in der Römischen Kurie eine Jüngerin höchsten Grades.

JUDGMENT-4
DAS GEHEIMNISVOLLE MÄDCHEN 1

Mensch, ihr kleinen Nerven-sägen!

Es tut mir leid, Kucabara.
Ich habe fiese Dinge zu dir gesagt.
Dass du dich nur deinetwegen für mich eingesetzt hast und so.
Schon vergessen.
Darf ich dich zum Schluss etwas fragen?
Als Alice tot war, musste der Bär doch irgendwohin geflüchtet sein...
Warum bist du dann trotzdem vom Bären überfallen worden?
Ach, ich bin ihm hinterher und wollte ihn fangen.
Bleibt so ein Biest auf freiem Fuß...
... können die Kiddies schließlich nicht draußen spielen, oder?

Ich habe die Nase voll und will mir eure Visagen nicht mehr ansehen!
Ich bleib hier keine Minute länger!
Sprecht mich niemals mehr an!
Wenn ihr mich weiter voll-labert, knall ich euch eine!
Er kommt zurück...
Was?
Du erinnerst dich doch, was er zu mir gesagt hat?
Er ist nämlich ein wahrer Held.

So, wie wir uns das gedacht haben.
Die Zeit wurde nicht bis kurz vor Pauls Tod zurückgedreht, sondern bis Sugal sich...
... direkt in das Geschehen eingemischt hat.
Bis zu dem Augenblick, an dem die Schicksale dieser Menschen manipuliert wurden...
Stimmt es, dass Paul uns verlassen will?
...
Uns ist egal, was unsere Mamas sagen!
Geh nicht, Paul!
Schnauze!
Ich kann euer Geheule nicht mehr ertragen!
Werdet nicht übermütig, nur weil ich ein bisschen nett zu euch war!

Ha!
Ha!
Paul!
Was war das...?
Ein Gefühl, als ob ganz viele Dinge in einem Augenblick passiert wären...
Ja!
Alles klar?
Wenn die Unschuld eines Unknown bewiesen wird...
Frau Taylor! Paul!
Ihr?!
... ist sein Tod rechtswidrig und die Zeit wird zurückgedreht.

TICK
TACK
Oh nein...
... Frau Taylor wird von einem Bären angegriffen...
Wir müssen sie retten!
Gibt es hier irgendetwas, das wir als Waffe einsetzen können?!
Waaah... Hier gibt es gar nichts.
Was sollen wir jetzt tun?
Gut!
PENG
DAB DAB DAB

...
Ich verstehe...
Ich glaube aber nicht...
... dass es jetzt mit uns zu Ende ist.
SCHHHHHH

... für un-
schuldig!

Ich kann mich nicht bewegen...
Ich, Kucabara, der Anwalt der Hölle...
... schließe den Fall meines Mandanten Paul, der als schuldig angesehen wurde...
... weil er anstelle der Kinder die Schuld auf sich nahm, um sie zu beschützen.
Zugleich stelle ich die Manipulation eines Todesgottes in diesem Fall fest.
Demnach erkläre ich meinen Mandanten Paul in allen Anklagepunkten...

RA' DAMM
Eternal Circle!

Mein Herr, verbraucht das gesamte Matter!
Ich werde es Euch dieses einzige Mal erlauben!
Verbraucht das ganze Dark Matter, das wir jetzt eingesammelt haben...
... um dieses perverse Schwein kalt-zustellen!
Meinst du das... ernst?
Dann...
... werde ich es komplett verbrauchen!

GAKLINNG
GAKLINNG
DUSCH
?!
BADOMM
Was ist das für einer?
Er hat nur sein Aussehen verändert...
Kennt er sich denn gar nicht damit aus, wie man Dark Matter einsetzt? Hnn, du Blender.

GWAAASCH

KLIIIIING
Bichura hat mir alles erzählt, Sugal.
Du hast deine Beteiligung an diesem Fall zugegeben.
KLING
RAKLING
GACK
Du warst es auch sicher, der das Gewehr so hingelegt hat, dass die Kinder es finden?!
Du bist noch bösartiger als dein Bruder Ponsol.
Danke für das Kompliment.

Nun kann mein Herr end-lich...
... wieder seine echte Gestalt anneh-men!

Ja, wenn ich nichts unternehme...
Ich...
Ich habe...
... Alice nicht getötet!
Ich habe die Wahrheit verdreht...
Gut gemacht, Paul!
KLAPP
Paul wurde seine Schuld erlassen und sein Dark Matter strömt aus ihm heraus!
SCHHHHHHHH

Und jetzt bist du an der Reihe, Paul!
Es ist egal, wie viele Unschuldsbeweisstücke ich hier habe...
... wenn du deine Unschuld nicht beteuerst, hat das alles keinen Sinn!
Es ist noch nicht zu spät!
Du kannst es ändern!
Du musst nicht mit Absicht den unglücklicheren Weg wählen!
Wie wäre es, wenn du dich noch ein wenig länger mit den Kindern zusammenrottest?!
Wenn du nichts unternimmst...
... wird sich auch nichts verändern!

JUDGMENT 3
DER HELD 8

BUMM
Was ist das?
Ach ja! Die Devil-Litmus-Card kann...
... jede Pflanze in einen Geister-Dämon verwandeln!
Dass Ihr die Blume von Sugal am Revers benutzt habt...
WUAMM
... das war eine raffinierte Idee, mein Herr!
TSCHAK

P-AL

Ich rate dir, Sugal...
... in Zukunft keine Blume ans Revers zu stecken!
Eins!
Null!

Hehehe, dass ich nicht lache.
Dein letzter Bluff.
ZHHAAAH
Passiert doch eh nichts.
ZHHHA
Hast du deine Lektion nicht gelernt, Kleiner?
ZHHH
ZHHH
Fünf!
Vier!
Drei!
Du kennst sicher die Devil-Litmus-Card, oder?
Meine ist lustig und kann...
... wenn die Sonne aufgeht, eine Pflanze in einen Geister-Dämon verwandeln.

Zehn!
Neun!
Acht!
Was ist mit Euch los?
Wir müssen jetzt handeln!
Sechs!

Was redet Ihr da für ein verrücktes Zeug?
Um Punkt fünf Uhr Ortszeit.
Punkt fünf Uhr also...
Ist ja schon bald.
SCHHHHHH
Perfekt!
Alles ist so eingetroffen, wie ich es berechnet habe.
Nun gibt es für dich keinen Weg mehr, ihn freizubekommen.
Es ist deine Nachlässigkeit, weil du meine Aufgabe nicht lösen konntest.
Verschwinde...
... aus dieser Welt, Kucabara.
DSSS
DSSS
DSSS

PLOPP
G-R-I-P
GA GA GA GA GACK
Mein Herr!
Bi- chura...
Wann geht in der Hölle die Sonne auf?

WUASCH
Kuca-
bara...?!
Du...
SCHATT

Hör auf, Sugal!
Was soll das jetzt bringen?!
RUCK
KLAPP
PAFF
PAFF
GH
Nicht wahr?! Dieser Schuft...

Ich würde...
... den Sünder im Stich lassen.
Du bist doch nur deswegen daran interes-siert...
... dass ich nicht in die Hölle komme, weil du sonst selbst ausge-löscht wirst, oder?!

Ich habe mich entschlossen, sie gleichzeitig in die Hölle fallen zu lassen... Eines von den beiden musst du aufgeben.
Gibst du das Beweisstück auf, kannst du den Sünder retten, jedoch wirst du seine Unschuld nicht beweisen können und schließlich dadurch vernichtet.
Bleibt das Beweisstück aber bei dir...
... bedeutet das, dass du deine Aufgabe als Anwalt gemeistert hast...
... und auch wenn der Sünder in die Hölle kommt, passiert dir gar nichts. Dann bist du gerettet.

WUAMM
BUFF
BADUMM
KAWUMMM
Uuh
...

Wenn ich ein Unschulds-beweisstück habe, aber der Mandant es nicht als solches an-erkennt...
... besitzt es keinerlei Wirksamkeit.
Los, plädier selbst...
... für deine Un-schuld...
...
Das ist...
ZASCH
Vor-siiiicht!!

Sie liegt im Koma und wird behandelt ...
Die Wahrscheinlichkeit, dass sie wieder aufwacht, ist gering, aber sie ist da.
Wenn sie irgendwann mal aufwacht und die Wahrheit erfährt, was wird sie denken?
Und was wird sein, wenn die Kinder erwachsen sind und sich der Wahrheit gegenübergestellt sehen?
Was werden Alice und die Kinder dann zu sagen haben...?
Glaubst du, diese Menschen...
... könnten je normal weiterleben?
Kehrt man der Wahrheit den Rücken...
... erleidet man letztendlich Schiffbruch.

Du bist doch nur deswegen daran interessiert...
... dass ich nicht in die Hölle komme, weil du sonst selbst ausgelöscht wirst, oder?!
Gehen wir.
Hey, weißt du denn nicht...
... dass Alice immer noch lebt?

Er verschluckte die Patronenhülse der Kinder, um alle Beweise aus der Welt zu schaffen.
Als Paul das erkannt hat, versuchte er, die Schuld der Kinder auf sich zu nehmen.
P.AL
!!
GRIP
Hör auf, so 'nen Mist zu reden!
Ich sagte doch bereits, dass ich es war!
Paul! Ich verstehe, warum du das tust, aber das ist...
Lass uns gemeinsam einen anderen Weg überlegen! Es gibt sicher eine Möglichkeit, auch die Kinder zu retten...
Dass ich nicht lache! Das ist ein Fall, in dem ein Vorbestrafter durchgedreht ist!
Kümmer dich nicht mehr um mich!

Sei nicht so voreilig, Paul!
Ich habe den Beweis für deine Unschuld!
BOFF
TAPP
Kucabara?!
Verzeiht, aber meine Dämonenkraft ist am Ende...
Keine Sorge, ab hier kannst du mich machen lassen!
Sieh her, Sugal! Das ist ein Röntgenbild von Pauls Magen!
Ich beginne mit der Schlusserkenntnis: Paul ist nicht der Mörder von Alice.
Es waren die Kinder, die sie erschossen haben!
Paul und die Kinder haben, um die vom Bären bedrohte Alice zu retten, gleichzeitig abgedrückt.

...
Ja und?
Glaubst du, ich mache mir vor Angst in die Hose?
Los, wir müssen das hinter uns bringen.
Jetzt...
... wird alles enden!
GWOSCH
DABB

In meiner Hölle müssen die Sünder die Qualen der Tiere, die in der freien Wildbahn zu Tode kamen, stellvertretend erleiden.
In den engen Kugeln müssen sie den einseitigen Tod, das Gefressenwerden des Schwachen, erleben.
Endet eine Qual, kommt der Sünder in eine nächste Kugel...
... und stirbt erneut. Dies wiederholt sich... bis in alle Ewigkeit.
JUDGMENT-3
DER HELD 7

... wie ein Held.
Hoppla, beinahe wäre das mit Mühe erhaltene Unschulds-beweisstück...
Passt doch bitte auf!
Beeil dich, Bichura! Ich werde Paul mit aller Kraft überreden.
Das Leben dieses feinen Kerls darf nicht vergeudet werden!

Ach ja, die Patronenhülse.
Ich muss alle Spuren von ihnen entfernen.
Für die Kleinen wäre es...
... vielleicht doch besser, wenn ich einfach zu einem Helden...
... werden würde.
Sag ihnen, dass ich...
... mit dem Wind verschwunden bin...

Ver-
schwindet,
sofort!
Mein Vater wurde daraufhin zum Alkoholiker und schlug mich für jeden Scheiß.
Vielleicht weil ich so eine Kindheit hatte…
… fällt es mir auch als Er-wachsener schwer…
Ver-zeih.
… in geordneten Verhältnissen zu leben…
Verstehst du, Alice?
Erwachsene sind für Kinder…
Das müsste reichen…
… wirklich wichtige Menschen.

Bäää-äääh!
Frau Taylor!
Wir haben Frau Taylor nicht getroffen…!
Heul nicht!
Ihr seid es nicht gewesen…
Wahrscheinlich…
… war ich es!
Ich bin schon immer ein Pechvogel gewesen!
Und habe Alice versehentlich getroffen!
Verschwindet!
Es gibt nur Schwierigkeiten, wenn ihr da hineingezogen werdet.
Leg das Gewehr dorthin…
… und geht alle nach Hause!
Den Rest könnt ihr mir überlassen.

Was ist...? Aber ich...
Ich habe doch den Bären...
Nein.
Wir waren es nicht...
Wir haben auf den Bären geschossen.
Ganz sicher...

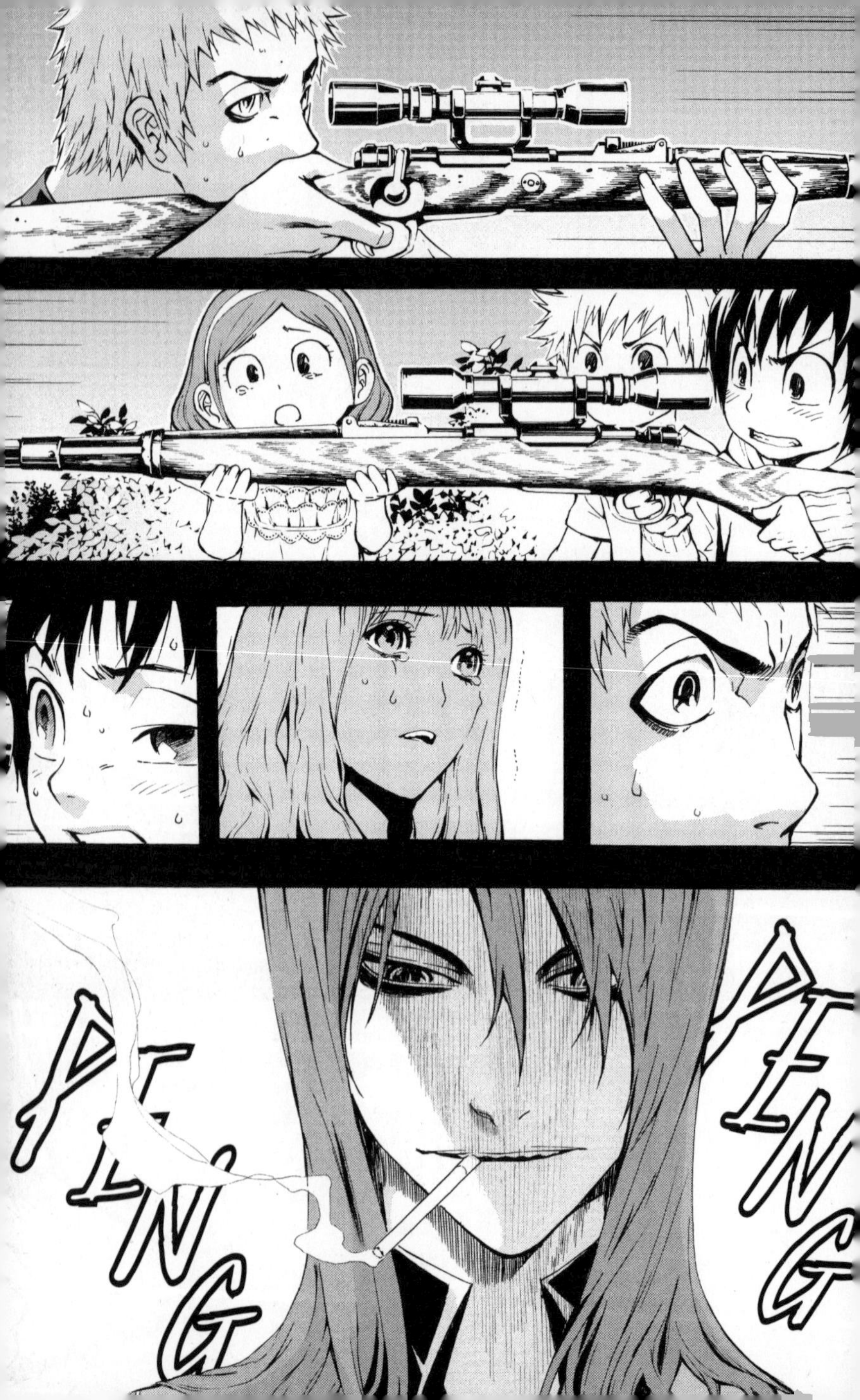
PENG
PING

Das muss höher! Das ist schief!
Mach jetzt mal richtig!
Es ist aber so schwer.
Pass auf, Romeo!
Sonst triffst du noch Frau Taylor...
Keine Sorge!

Was ist das...?
Das ist der Braunbär aus dem Fernsehen!
Oh nein, Frau Taylor... Paul!
Guckt mal!
Hier liegt ein Gewehr...
Echt! Warum liegt hier ein Gewehr herum?!
Wow, ist das schwer!
Pass auf!
Vielleicht hat das ein Held für uns dagelassen?!

Unter meinem Bett…
… liegt ein Jagd-gewehr.
Beeilt euch!
Macht nicht schlapp! Wir alle zusammen müssen…
… Paul überreden, dass er bei uns bleibt!
Sonst ist Paul weg!
Lang-samer!
Ich falle gleich tot um…

!
Ein Bär?!
Verschwinde, Paul.
Ich schaffe es nicht mehr...
... also renn weg.
Was schwafelst du da für einen Mist ?!
Beweg dich auf keinen Fall!
Solange du ihm keinen Grund gibst, wird er dich nicht angreifen.
Bleib so stehen und beweg dich auf keinen Fall!
Ich werde dich retten.

Sag ihnen, dass ich mit dem Wind verschwunden bin...
... wie ein Held.
SBM710.
Es ist schon dunkel.
Ich muss mich beeilen.
Also, ich bin dann weg.
Grüß die Kleinen von mir ...
... Alice?

... ging meine Mutter fremd und verließ uns.
Mein Vater wurde daraufhin zum Alkoholiker und schlug mich für jeden Scheiß.
Hört sich doch total klischeehaft an, nicht wahr?
Vielleicht weil ich so eine Kindheit hatte...
... fällt es mir auch als Erwachsener schwer...
... in geordneten Verhältnissen zu leben...
Verstehst du, Alice?
Erwachsene sind für Kinder...
... wirklich wichtige Menschen.
Für die Kleinen wäre es...
... vielleicht doch besser, wenn ich einfach zu einem Helden...
... oder etwas Ähnlichem werden würde.

Sie be-haup-ten...
... dass du vor-bestraft bist.
Sie sagen, wenn du nicht gehst, werden sie ihre Kinder...
... sofort aus diesem Kindergar-ten heraus-nehmen.
Das ist ein ganz natürliches Verhalten der Eltern.
Ich finde, du bist eher eine Ausnahme, dass du dir nichts daraus machst.
Ich bin eh viel zu lange ge-blieben.
Ich werde euch ver-lassen.
Ich werde die Mütter über-reden...
Als ich sechs Jahre alt war...

Ihr seid wirklich gemein!
Aber das ist einfach zu lecker!
Paul ist echt der Beste!
Er ist...
... unser Held!

Seid ihr in das Auge des Taifuns gekommen?
Aber plötzlich legte sich der Sturm um diesen Kindergarten und es war auf einmal das klarste und schönste Wetter.
Ja. Aber es war einfach zu kompliziert, es den Kindern zu erklären...
Dann sagte eins von den Kindern, ein Held hätte uns beschützt.
Seitdem sind sie im Heldenwahn.
Was machst du für ein seltsames Gesicht?
Urg ...
Bist du blöd? Da ist ja überhaupt kein Geschmack dran.
Das soll lecker sein?
Kannst du kochen?
Auf jeden Fall besser als du.
Lecker!
Dass ich hier so etwas Leckeres essen würde...
Ihr seid alle gemein!
Mein Essen war doch auch ganz lecker!
Frau Taylor, das stimmt nicht.

So, fertig.
Ihr könnt wieder schaukeln.
Wenn noch etwas kaputt ist, könnt ihr mir das sagen.
Paul, du bist klasse!
Du bist unser Held!
Ein Held?
Ja, du erledigst alles!
Du hast Romeo gerettet und dann auch noch die Schaukel repariert.
Erzähl keinen Quatsch.
Ich helf euch doch nur ein wenig.
Wacht auf, ihr Pisser! Es gibt keine Helden...
... auf der Welt.
Bääääääh!! Du lügst!
Vor einem Jahr suchte ein heftiger Taifun unser Dorf heim.
Das ganze Dorf wurde schlimm beschädigt. Es war furchtbar.

Was gibst du ihnen denn zu essen?
Ich habe noch nie jemanden mit solchen Bauch-schmerzen gesehen.
Eigentlich habe ich immer auf das Essen geachtet...
Ich mache mir Sorgen um Romeo.
Gestern Abend ist in Uniontown erneut ein Braunbär aufge-taucht...
... dabei starb eine Person...
Lebens-mittelver-giftung und dann auch noch ein Braunbär...
Ein furcht-bares Kaff ist das hier...
Ich danke dir, Paul...
Danke, dass du Romeo hierher gebracht hast.

JUDGMENT-3
DER HELD 6

Ein wehrloses Tier zu quälen! Das ist ja wohl das Letzte!
QUIEK
Sie sind ein böser Mensch!
Ja, das stimmt!
Wollt ihr alle...
... von mir abgefackelt werden ...?!
Uuuuaaa!
Uaaa, mein Bauch!
Romeo?
Aua! Mein Bauch tut... weh...
Was ist mit dir los, Romeo?
?
Romeo!

Das ist also die Hölle.
Hier ist also Schluss, oder?
Gut...
Beeilen wir uns!
Wenn ich damit alles in Ordnung bringen kann...
... dann kommt mir das sehr gelegen.
Wenn ich...
... damit alles ver-tuschen kann...

Bingo.
Lass uns in die Hölle fliegen.
Wenn wir noch länger warten...
... wird Paul noch freiwillig in die Hölle springen.
Um die Kinder, die Alice betreut hat, zu schützen...
... nimmt er ihre Schuld auf sich.

Erinnerst du dich daran, Bichura? Paul klagte von Anfang an, als wir uns zum ersten Mal sahen...
... über Bauchschmerzen.
Bichura, wenn alle deine Informationen wahr sind...
... und meine Schlussfolgerung richtig ist...
... wird das Beweisstück...
SCHHHHH

Was ist das?
Etwa die Leiche von Paul?!
Nein, nicht bei Alice...
Ein Hinweis, der Pauls Unschuld beweisen wird...
... steckt irgendwo hier...
... in seiner Leiche.
PSCHHHH
Sie zeigt keine Reaktion.

...
So war das also.
Ich verstehe... Das ergibt einen Sinn...
So, wie ich es mir gedacht habe...
Dann finde ich sicher...
... den Beweis seiner Unschuld bei seiner Leiche.
Als ich anfangs dachte...
... dass es einen weiteren Täter geben müsste...
... war ich mir sicher, einen Hinweis bei Alice' Leiche zu finden.
Als ich dann jedoch tatsächlich zu ihr kam, war es ganz anders...
Nicht nur, dass sie hirntot ist, ich fand keine einzige Spur.
Das wusste Paul ganz genau.
Deswegen kam er vor mir hierhin.

Rotation Hell!
Welche die Sünder für immer und ewig, von einer Qual zur anderen, durchwandern müssen.
Was ist das?
Das ist die Hölle?
Dabei habe ich mit einer Glut-hölle oder Ähnlichem gerechnet.
Diese hier wirkt echt harmlos.

Dann haben sie mir die ganze Wahrheit...
... über den Mord an der Kindergärtnerin erzählt!
Warum Paul plötzlich...
... zum Mörder wurde!
Das ist...
... meine Hölle.

GABUFF
Hier, Sugal! Nimm das!
Was? Ihr, mein Herr?
Wo ist dieser Sugal hin?
Bichura, gut, dass du unversehrt bist.
Aber woher wusstest du, wo wir sind?
Hahaa! Das Glück ist immer mit dem Helden!
Die Kleinen, die mich respektieren und verehren, haben mir gesagt, dass die Frau in diesem Krankenhaus liegt.
Die Kleinen?
Sugal hat die Kinder als Köder benutzt, um mich in die Falle zu locken!
Und als ich diese Kinder gerettet habe...
... stellte sich heraus, dass es zufälligerweise die Kinder waren...
... die von der Kindergärtnerin betreut wurden, die Paul getötet hat!

Mit dieser Karte kannst du für eine kurze Zeit jede Pflanze in einen Dämonen-Geist verwandeln.
Das wird dir von Nutzen sein...
... wenn du von einem Todesgott in die Enge getrieben wirst.
Gut! Die Dämonenwelt ist reich an Pflanzen...
... so kann ich mit dieser Karte...
... auch ohne ein Beweisstück für Pauls Unschuld gegen ihn gewinnen.
Warte nur, Paul!
Ich komme dich jetzt retten!
Ach ja, da ist auch noch Bichura.
Ihn muss ich auch so schnell wie möglich retten...

Ich habe euch nur notgedrungen gerettet!
Haut ab! Ich bin ein furchtbarer Dämon!
Ihr glaubt doch nicht, dass es wirklich Helden gibt?!
Gerade am Aufladen...
B...
Bäääääh, das stimmt nicht!
Es gibt Helden!
Es gibt sie!
Ganz sicher!
Ja, genau!
Ahh, hört auf! Schnauze!
Paul hat es uns gesagt.
!
Moment mal!
Hast du gerade »Paul« gesagt?

Irgend-wann, wenn ihr sterben müsst...
... gebt mir dann euer ganzes Dark Matter, ja?
PSCHHH
PSCHHH
Nh? Wollt ihr mir vielleicht mal danken oder so?
Huch, ich bin ja wieder klein.
ZUCK
!
!
ZAPPEL
Bitte, nach Herzens-lust!
ZACK
ZACK
WUSH
Waaah!
Ein Held, ein Held!
Unser Held!
Hast du gesehen, wie er sich verwandelt hat?
Lasst mich los! Hey!
Hört auf! Was glaubt ihr, wer ich bin?
Geht von mir weg, ihr Scheiß-blagen!
Sonst beiß ich euch tot!

WU
SCH
SCH
TAPP
Verdammter Mist...
Für diese Rotzblagen...
... habe ich das in Kleinarbeit angesparte Dark Matter komplett verbraucht...
... und mich in meine vollkommene Form verwandelt.

SCHNAPP
Ich schaffe es nicht, alle auf einmal abzufangen!
Mist!
Shit! Und ich...
... wollte das auf keinen Fall für so etwas verschwenden!
ZWASCH

Hey, lass los!
Lass mich los, ey!
Mir macht deine Hölle keine Angst!
Lass mich einfach los!!

Eine Zigarette aus der Dämonenwelt?
Hat Sugal ihn mitgenommen?
Das haben wir so nicht abgemacht!
Was mache ich jetzt?
Ohne einen Beweis für seine Unschuld ist es sinnlos, ihm in die Hölle zu folgen...
Und letztendlich...
... den Schlüssel zu diesem Fall...
... hat Paul selbst...
Was soll das?!

Paul!
Ich muss dich etwas fragen!
BA
TAM
Nh? Was ist hier los?
Wo ist er?
!

ZWASCH
Gnn-nnnh!! Verdammter Scheiß-kerl!
Das war echt! Er hat es wirklich getan!
Dieser Vollperverse, den werd ich vermö-beln!
Uu...
Meine Kraft...
Ugh...
Waaah!
WAPP

Uuuh ...
Es kribbelt und juckt!
Ich halte es nicht mehr aus!
Bin ich wirklich mit irgendwelchen Kindern verbunden?
Der blufft doch, oder?!
SCHNIPP
SCHNIPP
SCHLULULUPP
SCHLULULUPP
UUU-UUU-UUH!
WUAMM

JUDGMENT-3
DER HELD 5

Jetzt kriege ich auch noch Bauch-schmerzen.
Hast du irgendwas dagegen?
Ich werde mal schauen, ob ich wirklich tot bin.
Ach so.
Jetzt versteh ich!
Jetzt passen alle Puzzle-teile...
... ineinander und werden zu einem Bild!
Uaaaaaah, es kribbelt und juckt!
Ich halte es nicht mehr aus!

Alice Taylor
Hirntod
Hirn-tod?
Was bedeutet das? Lebt bei einem Hirntod der Körper noch, obwohl das Gehirn tot ist?
Ich ver-stehe die Menschen-welt nicht.
Moment mal.
Ist das etwa der Grund?
Dass Paul nicht direkt in die Hölle fiel...
... weil sie nicht richtig tot ist?
Wurde er nach seinem Tod zur Unknown-Seele...
... weil die Definition von Tod so schwammig ist?
Dann gibt es wohl echt keinen weiteren Täter...
!

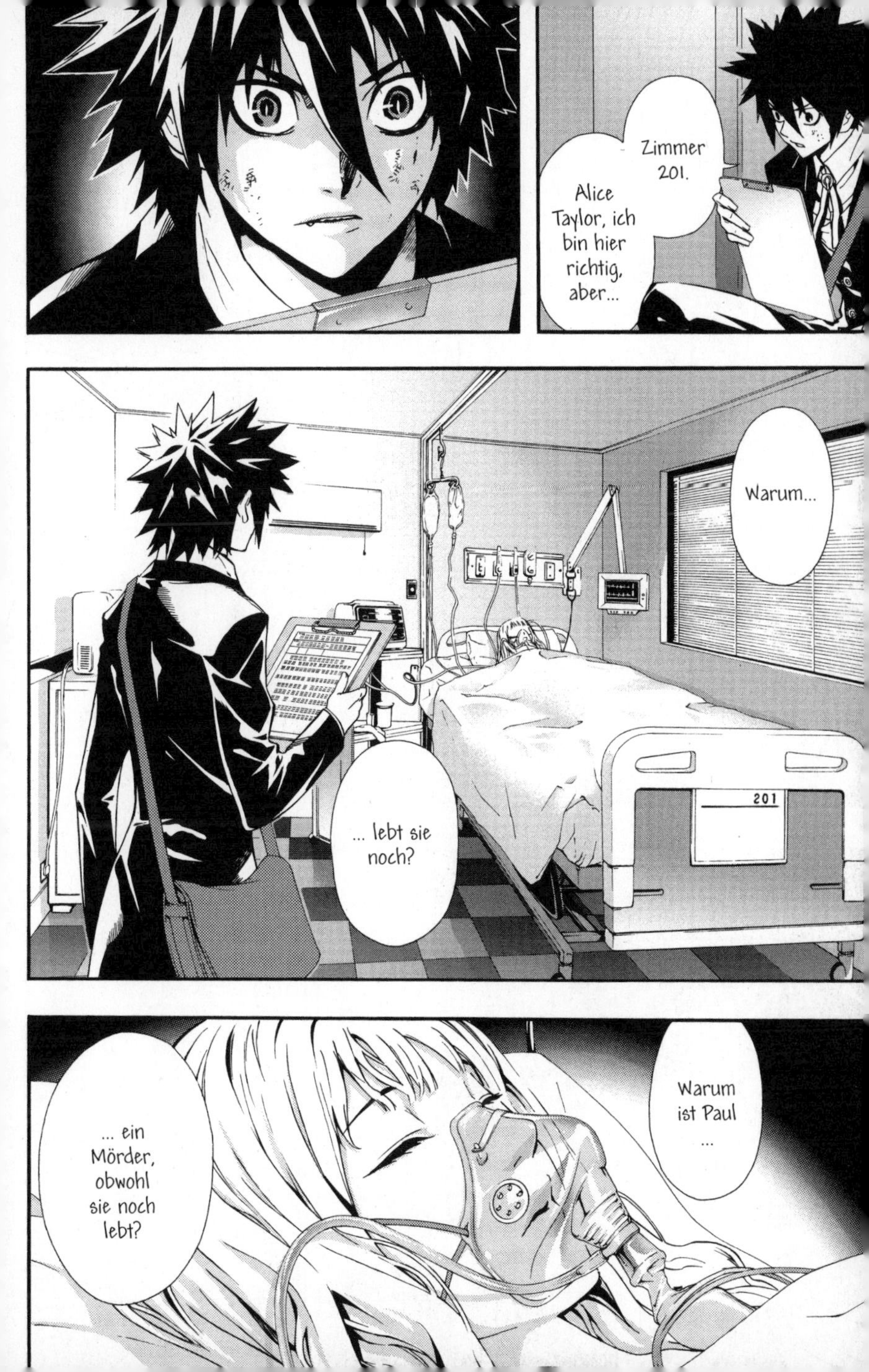
Zimmer 201.
Alice Taylor, ich bin hier richtig, aber...
Warum...
... lebt sie noch?
201
Warum ist Paul ...
... ein Mörder, obwohl sie noch lebt?

Auch ich lösche die...
... Kleinen und Un-wichtigen aus!
201
Wo hat er sich nur ver-steckt?
Hah...
Hah...

Ver-dammt!
Ich kann mich nicht berühren.
Was mache ich...?
So kann ich es nicht lassen.
Ein Sünder wie du wagt es...
... in meine Formel hineinzupfuschen?!
Dafür gibt es in der Mathematik...
... das »Runden«.
Um eine einfache Lösung zu erhalten...
... streicht man die kleinen Zahlen.

Mist, es ist echt zum Kotzen!
...
Alice! Alice! Alice!
Bingo! Alice Taylor!
Intensiv-station, Zimmer 201!
Intensiv-station?!

Meine Fresse!
Nein... Ich hab's nicht so gemeint ...
Aaaah! Hilfe! Ein Sittenstrolch!
DABB
Paul, die Kindergärtnerin, die du getötet hast, hieß doch Alice, nicht wahr?
Ich muss ihre Leiche suchen! Wir treffen uns später wieder!
Ach, lass mich in Ruhe, Idiot!
Leichenhalle
Tss.
Es stimmt ja doch.

Wer sind Sie?
Ah... ja... ich bin...
Hey Paul! Wo gehst du hin?
Ich guck mal, ob ich wirklich tot bin.
Wenn die Leiche der Frau hier ist...
... dann ist meine doch auch hier.
Normale Menschen können die Unknown-Seelen nicht sehen.
Ja, aber Paul! Du solltest bei mir bleiben...!
Mit wem reden Sie da?
Möchten Sie jemanden besuchen?
Sind Sie hier Patient?
Ja, Schwester. Ich bin ein Patient in diesem Krankenhaus.
Wie wäre es, wenn Sie mich komplett untersuchen? Von oben bis unten.
?!

Scheiße!
DONNER
GROLL
Gut, hier ist niemand.
So können wir unbemerkt vorgehen.
TAPP
Du bist ja lustig.
Da ist niemals noch ein Täter.
ZZZHT
Und was hat das mit der Suche nach der Frau zu tun?
Ich sagte doch, an diesem Fall stimmt etwas nicht.
Obwohl du deine Schuld eingestehst, bist du nicht direkt in die Hölle gekommen.
Das könnte bedeuten, dass jemand anders den Mord begangen hat.
Ich muss den Fall anders aufrollen.
...
Ich muss die Leiche der Frau finden und den Fall von Anfang an neu untersuchen.
Dann könnten wir vielleicht an Hinweise kommen.

!
KRABBEL
KRABBEL
KRABBEL
KRABBEL
KRABBEL
Eine Besonderheit dieser Gegend ist...
... dass es hier viele rote Ameisen gibt.
Bereits bei einem Zucken...
... fallen sie sofort hinunter.
Ein Spiel mit Niveau, nicht wahr?
Mal sehen, wie du dich schlägst...
Du perverser Sadist!
Glaubst du wirklich, ich würde mir etwas aus Menschen machen?!
Hey! Wo gehst du hin?!
Ahhh, da kommen sie schon!

Das König-reich der Dämonen...
... existiert jetzt nicht mehr!
Was ?!
Was soll das heißen?!
Ist der Fa-milie meines Herrn etwas zugestoßen?
FYUT
Nh? Was ist das? Hey!
KLATSCH
Was soll dieses Tortenstück?! Willst du mich verarschen?!

Du denkst sicherlich, weil ich mit meinem Herrn zusammenarbeite, dass ich auch so gutmütig bin wie er, oder?!
Mir ist es total egal, wenn so 'n Mensch auf den Boden fällt und zerquetscht wird!
Dieses Gebäude hat sechs Etagen.
Das ist nicht richtig hoch, aber sie sterben sicher alle, wenn sie runter-fallen.
Ach so... hab ich erwähnt...
... dass es kleine Menschen-kinder sind?
Mistkerl, glaub ja nicht, dass du unge-schoren davon-kommst!
Das ist auch in der Dämonenwelt ein schweres Verbrechen! Ich werde dich an den Dämonen-könig ver-pfeifen!
Du weißt es wohl nicht.

Die Regeln sind einfach.
Die Seile, die dich fesseln...
... sind so präpariert, dass sie bei der geringsten Bewegung reißen.
Am Ende dieser Seile habe ich Menschen aufgehängt.
Das heißt...
... du kannst mit dem Schicksal der Menschen spielen.
Du bist ja völlig krank im Kopf!
Wir dürfen uns nicht in die Welt der Menschen ein-mischen!
?!
Warte mal...
Du steckst hinter...
... dem Mord von Paul?
Mh... sagen wir...
... zur Hälfte.

Kümmer dich gefälligst um deinen eigenen Mist!
Kommt mir bloß nicht zu nahe.
Alle-samt...
?!
Was ist das?!
...
Damit dir nicht langweilig wird....
... hab ich dir ein kleines Spiel organisiert.

Paul!
Ist es hier?
Hierhin wurde die tote Kindergärtnerin gebracht.
Urg, mein Bauch...
Was? Echt? Kein Theater?
Ob kurz vor dem Tod etwas passiert ist?
Ich wusste nicht, dass eine Unknown-Seele Schmerzen empfinden kann.
Fass mich nicht an!
Nicht doch... Ich wollte doch nur...
Als dein Anwalt mache ich mir eben Gedanken über deine körperliche Verfassung.
Ist wirklich alles in Ordnung mit dir, Paul?

JUDGMENT 3
DER HELD 4

Ts, steht doch nicht auf meiner Stirn, dass ich vorbestraft bin...
Vielleicht sollte ich was anstellen, um wieder in den Bau zu kommen.
Ey, hau ab, du Scheiß-köter!
BUFF
Hey, was tun Sie da?!
Ein wehr-loses Tier zu quälen! Das ist ja wohl das Letzte!
Sie sind ein böser Mensch!
Ja, das stimmt!
...
Wollt ihr alle von mir abgefackelt werden...?!

Auf Nimmer-wieder-sehen.
Es gibt keinen besseren Ort als diesen, um die kalte Zeit zu überstehen.
Sag doch nicht so etwas. Wir sehen uns im Winter wieder.
Scheiß-heiß.
Ich habe weder eine Unterkunft noch etwas zu essen.
Vielleicht sollte ich mir mal einen Job suchen.

Ja, Elimona sagte es mir.
Findet man keine Antwort, sollte man seine Denkweise umstellen.
Sie hat recht...
Ich war nur damit beschäftigt, irgendein Beweisstück zu suchen ...
... obwohl du selbst den Mord zugibst.
Wieso kam ich nicht auf die simple Idee, darüber nachzudenken, warum du nicht direkt in die Hölle gekommen bist?
Was redest du da?
Erklär es mir.
Wir haben keine Zeit.
Ich muss die Leiche des Opfers überprüfen!
Ist meine Folgerung richtig...
... muss es in diesem Fall noch einen Täter geben!

Vergiss es nicht.
Du hast Zeit bis Sonnen-aufgang.
SCHHHHHH
Bi-chura ...
BROOOOO
BRUMMMM
Du stellst deine Denkweise um?

Wenn du bis zum Sonnenaufgang seine Unschuld beweisen kannst...
... werde ich dir den Pimpf hier zurückgeben.
Verarsch mich nicht.
Du wirst deine Arroganz noch bereuen...
Das schwöre ich dir...
Ja, dieser Blick.
Mein Hunger danach muss noch gestillt werden.

NNNNUUUUU!!
DSUMM
Eine Tonne ist ganz schön schwer, nicht wahr?
Ich bin beeindruckt, dass du meinen Bruder besiegt hast...
Lass uns noch ein bisschen mehr Spaß haben.

Waaah !
WUSCH
Mensch, das ist doch scheiß-gefähr-lich...
Hey! Pass auf!

BOFF
WANK WANK
BUFF
FLAMM FLAMM
ROLL ROLL ROLL ROLL
BUMM
PAFF
BUMM
FYUUUUUH

Du steckst also dahinter...
... Sugal!
SST
FYUT
Nh? Was ist das?
Eine Bombe in Apfelform?
SCHRAPP
So 'n Schnickschnack!
Doch nur ein blöder Apfel!

UWAAAAAAH!
Das ist unmöglich!
BOMM
DUFF
Bichura!

Bichura! Paul! Vorsicht!
GWASCH

Weiß...
Oder Pink...
Nein, vielleicht Schwarz...
Ich will meine Hirnressourcen nicht für so etwas einsetzen!
Kann es sein, dass dein Gehirn ein wenig steif ist?
Ein Anwalt sollte viel kreativer sein.
Versteht du, was ich dir...
... damit sagen will?
?!
Überleg doch. Vielleicht habe ich ja auch eins mit Blümchenmuster an.

...
Was ist mit Euch los, mein Herr?
Bichura ...
Sie will es mir erst sagen, wenn wir die Farbe ihres Höschens erraten...
TELEPHONE
...
Rot!
Falsch.
Ihr habt noch einen Versuch.
Waaas?! Ich fühle mich zutiefst gedemütigt!
Was jetzt? Was jetzt?
Verdammt, dieses Luder!
Reg dich nicht so auf, Bichura. Du kennst sie doch mittlerweile, oder?

Los, warum brauchst du so lange? Der Verdächtige soll endlich quatschen!
Sonst muss ich dich verhaften!
Sag mal, machst du gerade Cosplay?
ELEPHONE
Oh nein, jetzt habe ich mir selbst Handschellen angelegt!
Rette mich! Hilfe!
Also, bitte! Es reicht! Ich leg auf!
Ich war ein Idiot, mir von dir einen Rat erhofft zu haben!
Moment!
Es ist nicht ganz aussichtslos.
Vielleicht können wir die Unschuld von diesem Paul beweisen.
TELEPHONE
Was?! Du meinst, es besteht noch eine Möglichkeit?!
Na, sag schon!
Wie kann ich Pauls Unschuld beweisen ...?

TELEPHONE
TELEPHONE
Ja, ich habe schon eine ganze Flasche Dämonen-Suchspray aufgebraucht ...
... und trotzdem gibt es nicht einen Anhaltspunkt.
Ich brauche Indizien, irgendetwas.
Ich glaube, ich bin übermütig geworden, weil es zweimal hintereinander geklappt hat.
Hallo? Hörst du mir überhaupt zu?
Ist das jetzt kaputt?
- Devilphone - Der Hörer eines Telefons, mit dem man mit der Dämonenwelt kommunizieren kann. Es benutzt die Telefonleitung der Menschenwelt.
Verzeih, Kucabara.
Mein Straps hat sich gelöst...
Was bist du denn so deprimiert?
Das sieht dir gar nicht ähnlich... ♥

Mehr kann ich ihm nicht erzählen.
H...
Hallo, Elimona ?
Ich bin's, Kucabara.
Was soll ich nur machen... Ich glaube, ich bin in die Falle eines Todes-gottes getappt.
Ich vertrete eine unrett-bare Seele, die sogar einen Mord gesteht...
... und ich finde einfach nichts, um seine Un-schuld zu be-weisen...

Tss, was für ein scheußliches Dorf.
Unglaublich, dass mich ein Bär zur Strecke bringt.
Sag mal, Paul, bevor wir den Vertrag geschlossen haben, sagtest du doch...
... dass du dich an alles erinnern könntest.
Wie kommt es, dass dir jetzt Details fehlen?
Kannst du dich etwa nicht daran erinnern ...
... weil du es mir nicht sagen willst?
Jetzt kriege ich auch noch Bauchschmerzen.
Hast du irgendwas dagegen?
Paul!

Es fiel mir viel leichter...
... als in so einem verdammten Game.
Es fiel dir leicht?
Einen Menschen zu töten?
Warum, Paul?
Warum hast du einen Menschen getötet?
Ich weiß nicht. Ich erinnere mich nicht.
Woran ich mich erinnern kann, ist, dass ich in den Wald fliehen wollte...
... und dann von einem Bären angefallen wurde.

Es war in einer tief-schwarzen Nacht...
... in der sogar der Mondschein von der Dunkelheit verschluckt wurde...
BAMM
Ich erledigte sie...
... mit einem einzigen Schuss.

JUDGMENT-3
DER HELD 3

GRIP
Glaubst du ernsthaft...
... dass ich unschuldig bin?
Ja...
Gut, dann erzähle ich dir alles, woran ich mich erinnern kann.
Diejenige, die ich tötete...
... war eine unschuldige Kindergärtnerin...

Den haben sie wohl vergessen.
Ein Strandball der Kinder...
Tod durch Elektroschock, das war ein Experiment...
Auch ein Todesgott hat nicht das Recht, das Leben der Menschen zu zerstören...
Er spuckt auf das Leben der Menschen!
Ich werde ihn dafür bestrafen!
Mein Herr...
Ihr seid so cool.
CRASH
DA BUMM
Äääh, Hilfeee!
Ich kann nicht schwimmen!
Och nee!

Hört doch mit dem Scherzen auf.
Das war irgend so eine Magie. So einen Zufall kann man nicht berechnen. Er ist ja kein Gott...
Sein Name ist Sugal.
In der Dämonenwelt ist er bekannt als Genie unter den Todesgöttern.
Er machte sich einen Namen damit, unerwartete Unfälle und Unglücke vorauszusehen und mit Hilfe seiner Kenntnisse...
... in mathematischer Statistik und physikalischen Theorien diese bewusst zu verursachen.
Stärker als Ponsol?
Als er mir seinen Namen nannte, erinnerte ich mich.
Er ist der ältere Bruder von Ponsol.
In der Magie ist er erstklassig und viel stärker als dieser Ponsol.
Will er etwa seinen Bruder rächen?
Schafft Ihr es denn, gegen so ein Genie anzutreten?

Und er ist ohne zu kämpfen abgehauen?
Ja.
Er war plötzlich weg...
... und führt irgendetwas im Schilde.
Eine Zigarette aus der Dämonenwelt?
Dann steckt er doch dahinter...
Welche Magie hat er da wohl eingesetzt?
Das war sicher keine Magie.
Er hat wahrscheinlich alles so berechnet, dass es wie ein Zufall aussieht.
Berechnet?
Dies ist eine windige Gegend.
Er hat sicher die Luftströme in dieser Umgebung ausgerechnet, dann wartete er einen günstigen Moment...
... des Aufwindes ab, um diese Zigarette mit dem Windzug aufzuwirbeln.
Die Zigarette flog auf den alten Strommast und kokelte die Leitung an...

WU
Scheiße!
Das war sehr aufschluss-reich.
Ich bin Geripita Sugal.
SST
Merk dir diesen Namen... Anwalt!

ZASCH
Super, Bichura!
Die Stromleitung bewegt sich von allein!
Schnell raus hier, Amy!
Die Menschen können Bichura nicht sehen!
Raffiniert...
Du arbeitest also mit ihm zusammen.

Du gibst also die Unschul-digen auf?
Doch anders, als die Gerüchte sagen.
WUAMM
WUAMM
Hier geht es nicht um aufgeben oder nicht aufgeben!
DABB
...
In erster Linie bin ich sein Anwalt!
ZACK
Außer-dem...
... die Men-schen habe ich auch nicht aufge-geben!
Ich lasse ihn doch nicht ein-fach in die Hölle verschleppen, obwohl er unschuldig sein könnte!
SCHHWASCH

WUSCH

Was ?!
Ja, das kann man echt nicht.
Die Leitung wird in 7,24 Sekunden die Wasserober- fläche be- rühren.
Was willst du tun? Während du sie rettest, werde ich...
... ihn in die Hölle überfüh- ren.
Entscheide dich!
Was soll das, du...?

Uaaarg! Mein Herr, seht, dort!
WAAAAAAAH?!
Wenn das in den See fällt...
... bekommen die Menschen mit Sicherheit einen Strom-schlag!
Los, Bichura!
Was?! Warum wir?!
Idiot, wir können doch nicht einfach zusehen, wie...

FYUUUUUT
BZZ
BZZ
BADUMM
BZZ
BZZZ
BZZZ

=25444
PT

Uuh...
Das war... ein Unfall...
Ich wollte sie nicht töten...
Ein Verse-hen...
Ein Ver-sehen?
Du wolltest sie also nicht tö-ten!
Reinge-fallen.
Ver-arsch uns nicht!
Bichu-ra!

Dann solltet ihr wohl nett zu mir sein, was?
Alles hängt nun davon ab, ob ich mit euch kooperiere oder nicht.
Oh, ich hätte Lust auf ein Bier.
Ich meine, dieses Dorf ist berühmt für sein Bier.
Du Arsch, wie kannst du jetzt ans Saufen denken?!
Bichura hat recht.
Bald wird ein Todesgott hier sein, der uns durch das Wurmloch aus der Dämonenwelt verfolgt hat.
Du heißt Paul, richtig?
Ich hätte dich im Vorfeld überprüfen sollen, nun fehlt uns dazu die Zeit...
Ich komme direkt zur Hauptfrage.
Warum hast du...
... einen Menschen getötet?

Ich hab's! Die Klauseln über diese Verträge!
Artikel 11, Paragraf 14. »Über das Verlieren eines Prozesses«.
Widerspruch einzulegen gegen die Verurteilung eines Sünders zur Verdammnis in die Hölle, bedeutet grundsätzlich eine Beleidigung im strafrechtlichen Sinne.
Beweist der Anwalt jedoch die Unschuld seines Mandanten...
... wird diese Handlung nicht als Straftat angesehen.
Kann der Anwalt keinen Beweis zur Unschuld seines Mandanten vorlegen...
... wird er wegen Behinderung der Vollstreckung des heiligen Dämonengesetzes...
... schuldig gesprochen und unter Qualen ausgelöscht.
Ey!
Ich sagte doch, du sollst dahinten warten!
He he, das klingt ja interessant.
Wenn wir verlieren, dann seid ihr also auch dran.

Die Menschenwelt...
HYUUUUH
DEVIL'S COMMUTATIVE CONTRACT
Paul Kucabara
THIS AGREEMENT is made between
Ein Vertrag, der einmal geschlossen wurde, ist rechtskräftig...
... und kann nicht aufgelöst werden...
Präge dir das tief in dein Gedächtnis ein, Kucabara.
Falls du einen Prozess verlierst...

JUDGMENT 3
DER HELD 2

Grüble nur, bis du schwarz wirst...
...

DEFENSE DEVIL

DEFENSE
DEVIL

Du schaffst es niemals...
... diese Aufgabe zu lösen.
Präg es dir tief in dein Gedächtnis ein. Falls du den Prozess verlierst...
... wird dein Körper zu Staub werden und endgültig von dieser Welt verschwinden.
Bichura!
Ich bin auch nur ein Dämon.
Es lässt mich umso mehr...
... vor Aufregung erschaudern...
... je mehr ich in die Enge getrieben werde!

Dann haben wir es nicht mit einer unschuldigen Unknown-Seele...
... sondern mit einem Mörder zu tun?!
Hey!
Was trödelst du da herum?!
Du hast doch auch unterschrieben?!
Dann fang an, für mich zu arbeiten, los!
Wie ist das, Kucabara?
Eine Aufgabe, erstellt mit Hilfe einer schwierigen Formel.

Das habe ich nie behauptet.
Du musst die Leute ausreden lassen.
Wegen der falschen Anschuldigung eines Brotdiebstahls bin ich in den Knast gekommen.
Einige Tage...
... nach der Entlassung...
... habe ich eine Frau getötet.
M... Moment mal!
G... Getötet? In echt? Du hast einen Menschen umgebracht?!
Und das war kein Unfall?
Nein...
Ich habe sie getötet.

PAFF
SCHHH
SCHPOFF
Menschenwelt
Was?
Du solltest nicht wegen des Diebstahls in die Hölle?

Alles klar, falsche Diebstahlsbe-schuldigung! Da kann ich etwas machen!
Du schließt einen Kontrakt mit mir ab! Dafür werde ich deine Unschuld beweisen und dich unter Umständen wieder zum Leben erwecken!
Einen Kon-trakt...?
Du meinst, ich kann wieder leben?!
Eins.
Mein Herr!
Ich hoffe, er zündet keine Rakete oder so!
Los, unter-schreib hier!
Eigentlich muss ich es noch prüfen...
... aber jetzt zählt jede Sekunde!
Null!
Okay! Der Vertrag ist hiermit gültig!
DEVIL'S COMMUTATIVE CONTRACT
Kucabara
Damit können wir in die Menschenwelt!

Drei.
SCHHHHHH
Kannst du dich an die Zeit vor dem Tod erinnern?
Was? Klar, an alles.
Echt?! Was hast du denn verbrochen?
Verbrochen...?
Ich wurde fälschlich beschuldigt, Brot geklaut zu haben und...
Zwei.

Eines Tages wurde ein Dämon aus der Dämonenwelt verbannt.

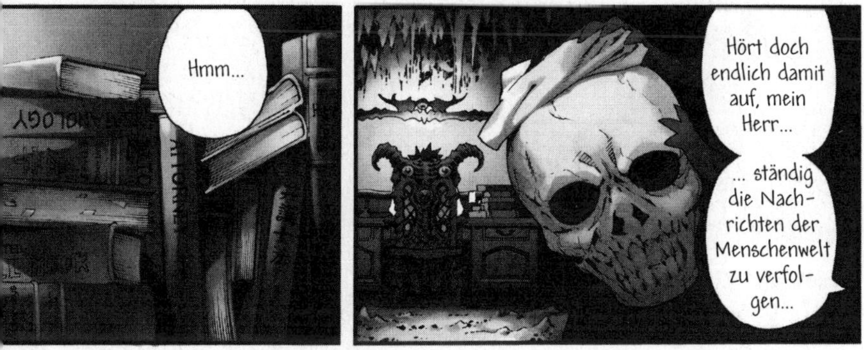

Woran das wohl lag?

Und... was hat er nun vor?

Bichura, endlich...
... habe ich einen Weg gefunden, diesem lang-weiligen und öden Alltag zu entfliehen.
Ich habe eine Arbeit gefunden...
... die einzig ich in dieser chaotischen Welt verrich-ten kann!
DUFF
Wenn Ihr die Zeit habt, so 'nen Quatsch zu erzählen, dann helft mir lieber, diese Schädel zu polieren!
Morgen ist schließlich Abgabe!
Wenn wir diesen Job nicht machen, verhungern wir!
Und außer-dem, mein Herr, wurde Euch Eure gesamte Kraft genommen und Ihr wurdet aus der Dä-monenwelt verbannt! Hallooo, verbannt!
Ihr müsst doch so schnell wie möglich Eure Kraft wieder-erlangen und in die Heimat zurückkehren!

Trotz allem, die Nachrichten der Menschenwelt lassen Euch nicht los!
Northwest
Und? Was ist denn dieses Mal so interessant? Hat man etwa die Leiche eines Tauchers im Dschungel gefunden?
Huuhuu, spooky!
Nein, hör mir doch mal zu, Bichura.
Außer der Geschichte, dass Ihr wieder ein anständiger Dämon werden wollt, will ich nichts hören!
Hör mir einfach mal zu.
Vielleicht hat es ja tatsächlich mit der Sache zu tun.
Eines Tages wurde ein Dämon aus der Dämonenwelt verbannt.
Bitte, hör mir zu! ♡
Woran das wohl lag?
Und... was hat er nun vor?
Mein Plan lautet...
... Defense Devil!

IL'S
COMMUTATI E CONTRACT
WITNESS WHEREOF,
XXX XXX

JUDGMENT-1
DER FROSCHREGEN

DOMM
Wer...
... bin ich?
Was?
Wo bin ich?

Das hier ist der »Event Horizon«.
So etwas wie der Eingang zur Hölle, an dem sich alle der Sünde verdächtigen Seelen versammeln.
!
W... Was?!
Dein Name ist Tom.
Du bist gerade vor einer halben Stunde...
... bei einem Verkehrsunfall...
... gestorben.
Was? Ich bin... Ich bin gestorben?
!
Lüg mich nicht an. Wer bist du überhaupt? Warum sagst du so etwas?!

Mein Name ist...
... Kucabara.
Ich bin der Anwalt der Hölle...
... der einem Sünder wie dir hilft.
Sünder?! Ich soll ein Sünder sein?!
Sieh mal, hinter dir.
GOOOH

ZWASCH
DOOMM
Das sieht ja schlimm aus.
Er fuhr auf einem Motorrad und hat während der Fahrt mit einem Baseballschläger die Leute nieder-geschlagen.
Dann ist er von einem Lastwagen überfahren worden.
MAISON DE SAVOIE

Er hat einer unschuldigen alten Dame einfach so mit einem Metallschläger auf den Kopf geschlagen.
Gott sei Dank ist sie nicht in Lebensgefahr, aber...
Das typische Ende eines Amokläufers.
So wie der aussieht...
... wirkt er eher wie ein Mitglied einer Straßengang.
ZWASCH
Selbst schuld.
...

W...Was denn, die haben doch keine Ahnung und verurteilen jemanden nur nach dem Aussehen...
Ganz ausgeschlossen, ich habe niemals so etwas getan!
Genau, sie haben in erster Linie nach der oberflächlichen Sachlage geurteilt.
Ich denke auch, es ist unvernünftig, dich allein deswegen als Sünder abzustempeln.
Trotzdem, das Blut, das an dem Schläger haftet...
... stammt ohne Zweifel von der alten Frau.
Das war der entscheidende Beweis dafür, dass du nun nach deinem Tod als Sünder eingestuft wurdest.
N...Nicht doch! Stopp mal... Meine Kumpels wurden von den Typen aus der anderen Schule angegriffen...
Ich... Ich wollte ihnen doch nur helfen. Deswegen hatte ich den Schläger dabei! Das ist die Wahrheit!
Oh Mann, ich bin so durcheinander... Ich...
Das kommt vom Todesschock.
Du wirst dich gleich wieder erinnern können.
KWOOOOOH!

WAAAAAAAAH
Oje, jetzt ist er da.
!
Der Todes-gott!
Du scheinst wirklich ein Sünder zu sein.
Schade, dann bereu es in der Hölle.
Wa...?!
Waaah?!
DUSCH
Hey, was soll das?! Warte mal! Willst du mich jetzt im Stich lassen?!
Dass ich so einfach in die Hölle komme, das... das geht doch nicht!
Schwörst du...
... dass deine Worte wahr sind?

Ja, ich schwöre! Ich schwöre bei meinem Leben!
Ich hatte niemals vor, die alte Dame zu verletzen!
Wirst du dann mit mir einen Kontrakt eingehen?
Ich bin Anwalt und kein Todesgott!
Schließt du mit mir einen Vertrag ab, kann ich für dich...
... recherchieren, ob du dich schuldig gemacht hast. Falls ich deine Unschuld beweisen könnte, ...
... könnte ich dich wieder zum Leben erwecken.
I...Ich kann wieder leben?!
Ja, aber dann muss ich diesen...
... Todesgott zum Schweigen bringen.
O...Okay, ich schließe den Vertrag ab!
Dann unterschreib hier.
V...Verstanden!

Halt! Vorher...
Hey, Bichura! Es ist alles paletti!
Du kannst es wieder auszie-hen!
Puhaaa, heiß! Ich dachte schon, ich werde noch zu Tode gegart!
Warum muss ich für einen Sünder so einen Quatsch machen?!
WUSCH
Äh... Moment?!
Verzeih, dass ich dir Angst eingejagt habe. Das ist mein Assistent, Bichura.
Nimm es mir nicht übel, ich musste sicher-gehen, dass du unschuldig bist. Das war so 'ne Art Recherche.
Ahhh, den Schädel müssen wir noch ab-geben!

Es ist gar nicht so einfach, einem Sünder Glauben zu schenken.
Vielleicht war es eine ruppige Art, aber wir gehen dabei auch ein gewisses Risiko ein.
Ich habe das Gefühl, du sagst die Wahrheit.
Überlass es mir und ich werde dich vor den Todesgöttern beschützen.
So! Los, unter-schreib den Vertrag.
Hey, stopp mal kurz!
Du wolltest mich reinlegen!
Uff.
RUMMS
Kh.
Kh.
Kff.
Owa.
ROLL ROLL ROLL

Wie? Ich habe dich nur leicht geschubst.
Bin ich denn so stark?
Oder...
... seid ihr...
... Superluschen?
W...Was erzählst du da?! Wenn wir solche Luschen wären...
... wie könnte ich dir ins Gesicht sagen, dass wir dich beschützen werden, hä?!
Es reicht jetzt, mein Herr!
WUPP
Euer Plan, wir könnten diese Scheißsünder, die für die Hölle bestimmt sind...
... den Todesgöttern rauben, ist in die Hose gegangen!
So können wir niemals das »Dark Matter« sammeln!
Lassen Sie uns ihn vermöbeln und dem Todesgott ausliefern!
Das passt eher zu uns Dämonen!
Dämonen?

Wenn er dir die Laune verdorben hat, dann tut es mir leid, Tom.
Ignorier ihn einfach.
Verarsch mich nicht! Du bist doch auch ein Dämon, oder?!
Ahm... ja...
Wie er schon sagte, wir sind Dämonen.
Und... wir haben mit dir Kontakt aufgenommen, weil wir das »Dark Matter« haben wollen.
Das Dark Matter ist eine Energie, die Quelle der dunklen und bösen Kräfte.
Für die Dämonen ist sie so etwas wie »Gelée Royale«.
Du, als Sünder, strahlst diese Kraft in großen Mengen ab.
In der Tat wollte ich sie nutzen, um dich damit vor den Todesgöttern zu beschützen.

Er sagt die Wahrheit! Der Grund, warum mein Herr überhaupt aus der Dämonenwelt verbannt wurde...
... ist sein dämonen-untypischer, gutmütiger Charakter.
BUMM
Sonst würde er wohl kaum unsere Strategien verraten...
GONG
Stopp, Bichura!
Wir haben keine Zeit zu verlieren.
Bald wird der echte Todesgott aufkreuzen.
Lasst uns schnell unter-schreiben.
Dass ich dich retten will, meine ich ernst.
Ein Urteil muss für jeden gerecht und unparteiisch ausfallen.
Und wenn das Leben eines Menschen dran hängt, ist es umso wichtiger...
GHOOOOO

DSUMM
Ach, sieh mal an.
Wenn das nicht die Kakerlake Kucabara ist...
... die aus der Dämonenwelt verbannt wurde?

Ts, da ist sie ja...
Todesgöttin Meir.
BZZZ...
Lange nicht gesehen.
Wie ist die Dämonenwelt, seit ich nicht mehr da bin?
BZZ
BZZ
BZ
ZACK
Sie hört ja nicht einmal zu.
Welch ein egozentrisches Fräulein.
Shit, und dabei war ich kurz vor dem Vertragsabschluss...
Verzeiht, das war mein Fehler...

* Die Seelen der Sünder nennt man in der Hölle Unknown. Der Titel eines amerikanischen Independent-Thrillers.

Ich dachte, er hätte sich wegen der Verbannung längst selbst getötet...
... und nicht, dass er an so einer Stelle um einen Sünder herumschwänzelt. Wie erbärmlich.
!
Oh, du bist aufgewacht.
!
Zapple nicht herum, elender Sünder!
Sonst, bei einer falschen Bewegung...
... wirst du, bevor du in die Hölle kommst, eine furchtbare Qual erleiden.
Ich bin wahnsinnig erregt. Weißt du, warum?
Wegen des Dark Matters, das aus deinem Körper strömt.
Dark Matter ist für einen Todesgott eine sehr attraktive Energie.
Wenn ich dich in die Hölle stürze, kann ich dein Dark Matter aufsaugen.

Ach ja, du verstehst sicherlich nicht, wie gut das Dark Matter für uns ist.
Es garantiert nicht nur eine Kraftsteigerung, es ist auch gut für meine Haut und Figur...
Nein, ich will nicht!
Ich will nicht in die Hölle!
Oh nein, du nervst.
Du elender Abschaum!
Du musst erzogen werden.
UWAAAAH!!
WUSCH

Nanu?
Gut gemacht, Bichura!
Verdammt, warum muss ich mich so abhetzen?!
Auch wenn er nicht so aussieht, Bichura stammt von einem edlen Drachengeschlecht ab.
Dieses »Auch wenn er nicht so aussieht« ist zu viel.
Es tut mir leid, Meir...
... aber Tom ist mein Mandant.
Solange die Wahrheit nicht geklärt ist...
... ist es auch dir als Todesgöttin nicht erlaubt, ihn mitzunehmen.

…
BZZZ
BZZZ
Los, hauen wir ab!
Uff! Sie will uns wieder mit der gnadenlosen »Bzz-Attacke« angreifen!
Trotz allem, es ist einfach zu anstrengend!
Ihr wisst doch, dass auch mir die Kräfte entzogen wurden?!
GYAAAAH!!
BZZZZZZ
Kh... Bichura, kümmer dich um Tom!
Ja-wohl!
DAB
DA
DA
DA
DAB
Ich kann mich doch nicht...

... immer nur ge-schlagen geben!
POFF
WUSCH
Kucabara, da dir deine Kraft genommen wurde...
... kannst du nicht mal eine Mücke töten...
Halt, Auszeit!
BZZ BZZ

Hey, super, Bichura!
Es ist zu früh, sich zu freuen! Meine Dämonenkraft ist gleich am Ende...
BOFF
... und dann verwandle ich mich wieder **zu-rüüüüüüück!**
WAAAAAH!!
Tom, unter-schreib, schnell!
...
Hier, ja?!
Genau, aber flott!
Mein Herr!

Okay! Damit...
... ist der Vertrag rechtskräftig!
DEVIL'S COMMUTATIVE CONTRACT
BOFF
BOFF
BOFF

* Im Zweifel für den Angeklagten.

Findet man das Unschuldsbeweisstück, legt man es, zur Beweisaufnahme, zur Überprüfung der Richtigkeit, dem Vertrag vor. Wird es anerkannt...
... wird das Dark Matter im Körper des Sünders wieder freigegeben.
Dämon
Strafumwandlungsvertrag
Unschuldsbeweisstück
Das gleicht dem, dass du von deinem Status als Sünder befreit wirst und nicht mehr in die Hölle müsstest.
Ob wir gewinnen oder verlieren...
... hängt einzig und allein von dem Wahrheitsgrad des Beweisstückes ab.
Wenn aus mir dieses Dark Matter verschwindet, wird diese Frau von eben...
Sie wird dich aufgeben.
Du hast ja kein »Gelée Royale« mehr.
Dein Name war doch Kucabara?
Nh?
Danke.
Nein, nichts.
Nur...

Einfach nur danke...
... dass du mir glaubst.
Ha-ha-ha.
Schon okay.
GABUFF
Haaa!
Wofür war das jetzt?!
Ihr habt mich reingelegt, nicht wahr?!
Unser ursprünglicher Plan war doch, dass wir so tun, als ob wir ihm helfen, und wenn wir das Dark Matter haben, abhauen!
Unser Ziel ist, sagtet Ihr, unsere Kraft wiederzuerlangen!

Aber egal, wie ich es betrachte, Ihr wolltet von Anfang an den Menschen retten, nicht wahr?!
Ihr habt gar nicht an eine Rückkehr in die Dämonenwelt gedacht, oder?!
Es ist genug, reißt Euch zusammen! Ihr seid ein Dämon. Ein Dämon!
s ist völlig idiotisch, unsere raft für so nen Typen zu ver-plempern!
Hey, von hier hat man ja eine Superaussicht auf die ganze Stadt.
Ich frage mich, ob es meinen Kumpeln gut geht.
Sie sollen an ganz unangenehme Typen geraten sein...
Ich hoffe, wenigstens euch...
... ist nichts passiert.

Tom!
Mach dir keine Sorgen!
Ich werde alles geben...
... um deine Unschuld zu beweisen.
Sagt wer ?!
Macht doch, was Ihr wollt.

Du bist tatsächlich wie dein Ruf.
Ich hörte, du hast ein für Dämonen untypisches Herz...
Aber dermaßen naiv, kein Wunder, dass du aus der Dämonenwelt verbannt wurdest!
Du bist eine Schande für die Dämonen. Am besten fristest du dein Dasein an einem dunklen und schmutzigen Ort.
Hn, meinst du etwa...
... in deinem Höschen?
...
Seid Ihr irre?
BZZ
BZZ
BZZ
I...Ich weiß nicht...
BTZ

Ich verrate dir etwas.
Dieser Sünder gehört...
... zu der niedersten Sorte.
Wie?
Er hat an diesem Tag bereits zwei Menschen getötet.
Auf seinem Motorrad...
... hat er neben dieser alten Frau auch andere auf dem Gewissen.
Erzähl keinen Quatsch, Meir!
SCHNAPP
BZZZ

BROOOOO
BA
DUFF

BUMM
Verstehst du, Kuca-bara? Dieser Sünder...
... hat versucht, insgesamt drei Menschen zu töten.
Die Hölle ist für seine Sünden viel zu gut...
... für diesen Ab-schaum.
Willst du immer noch diese Seele retten?
Leistest du etwa damit der Welt einen Dienst?
Was ist das für ein Film?
Schlim-mer Typ.
Ein Sünder ist und bleibt ein Sünder.
Eine dreckige Existenz.
Das ist nicht wahr!
Das ist nicht die Wahrheit!

Ich habe einfach Mist gebaut!
Ich habe dir doch gesagt, dass ich den Schläger dabeihatte, weil ich meinen Kumpels zu Hilfe eilte!
Aber dann bekam ich Staub ins Auge... ich kam ins Schwanken...
... und als ich wieder klar sehen konnte, hatte ich mit meinem Schläger diesen Mann erfasst.
Kucabara, jetzt erinnere ich mich an alles!
Glaub mir!
Hahaha, wer glaubt dir diese Geschichte?!
Warum hast du dann nicht die Polizei informiert?
Ich wollte sie informieren!
Nach dem zweiten Unfall hatte mein Motorrad Probleme!
Ich wollte mein Gleichgewicht halten, aber es kam noch schlimmer. Dabei habe ich die alte Frau auch noch... Es ist wahr!
Ahh, ich kann's nicht mehr hören!
Ich habe Lust, ihn so schnell wie möglich in die Hölle zu werfen.
Auch du hast sicher keine Lust mehr, ihm zu helfen, oder?

...
...
DSSSSs
Was für ein dämliches Gesicht!
Glaub mir, Kucabara!
Ich bitte dich, Kucabara! Ich will nicht in die Hölle!
GOOOOO
Kucabara!!
Glaub mir!!
OOOOOH
FFT

Mein Herr...
DAMM
Scheiße!
Sag mir, Bichura... Ist es für einen Dämon...
... doch nicht möglich, einen Menschen von seiner Schuld zu erlösen?
Ist das, was ich versuche...
... zu tun, wirklich nur töricht?
Herr...
!
Ist das etwa ein Frosch?
Ist er unseretwegen verbrannt worden?
Verzeih.

Aha, es ist tatsächlich ein Frosch. Aber was macht er mitten in der Stadt?
Und dazu noch auf dem Dach eines Hochhauses?
Er kann unmöglich vom Himmel gefallen sein...
Bichura, kannst du dich an den Fall mit dem Taucher erinnern...
... den ich in den Nachrichten der Menschenwelt gesehen habe?
Ja, es ging doch um eine Leiche im Taucheranzug, die mitten im Gebirge gefunden wurde?
Natürlich erinnere ich mich an ihn. Jeder dachte, dass es Mord war...
... aber in Wirklichkeit hatte ein Löschhubschrauber, der einen Waldbrand löschen wollte und Wasser aus einem Bergsee schöpfte...
... versehentlich den Taucher mit erfasst und ihn mit dem Löschwasser im Gebirge fallen lassen.
Ein Fall, bei dem unglaubliche Zufälle zusammengekommen sind.
WUSCH

Unglaubliche Zufälle...
Bichura...
... lass uns zum Tatort von Tom gehen!
Bitte? Ihr glaubt doch wohl nicht noch immer an Tom?
Ich bin Anwalt.
Auch wenn die ganze Welt einen Sünder als Lügner beschimpft...
... ich muss an ihn glauben!
...
Verdammt, ich bekomme noch Euretwegen graue Haare!
Wenn Ihr meint, dann lasst uns sofort los!
Gut, das schaffen wir noch in der Zeit!
Wir suchen das Unschuldsbeweisstück!
Los!

GOOOOOO
Auf geht's!

Will-kommen...
Jeder Todesgott hat eine Hölle.
Das ist die »Burning Hell«...
... für die ich zuständig bin.
Das ist der Ort, in dem die Sünder 3.000 Jahre lang...

... in der Hölle!
Verstehst du? Du wirst von der Lava gebrutzelt...
... ganz langsam und gründlich, 3.000 Jahre lang...
... von der heißesten Lava des Universums gegart werden.

Ahhhh, Hilfe!!
Ich bitte dich!!
Verbrenn mich nicht!!
Bichura, hier muss es gewesen sein.
Die Stelle, an der Tom ums Leben kam.
Dann muss er hier die alte Frau geschlagen haben.
Na gut!
Dämonen-Such-spray!
SCHHHHHHHHHH
Alles, was mit dem Unfall von Tom zu tun hatte, wird darauf reagieren!

Bichura, du darfst keine Indizien übersehen!
Ja-wohl!
Es muss noch irgend-etwas hier sein, das auf das Spray reagiert!
WAAAAAAH!!
GOOOOOOOOO

GRIP
Es ist ein irres Gefühl...
... mit dem Leben anderer zu spielen!
Hihihi, du sagtest doch, die Unfallursache war...
... dass Staub ins Auge flog, oder?
Eine Frage, kleiner Mann. Wer, glaubst du...
... hat wohl dafür gesorgt, dass der Staub...
... in deine Augen hineinflog?
Herr!

Das ist doch ein Teil von einem Motorrad?!
Tom wurde dort vom Laster überfahren!
Unfallort
Alte Frau
Dieses Maschinenteil muss also vom Motorrad abgefallen sein, bevor er die alte Dame schlug.
Teil von Toms Motorrad
Dass Toms Motorrad einen Defekt hatte...
... ist also wahr!
Aber das allein reicht noch nicht aus.

UWAAAAAAH!
GHOOOOOOOO

ZASCH
Kuca-bara?!
Was soll das?! Du wagst es...
... obwohl du nur ein schwacher Wurm bist!

Na schön, wenn das so ist, werde ich euch...
... allesamt in die Hölle stürzen!
BZZ BZZ BZZ
Sie ist ziemlich gereizt.
Das kann man nicht mehr Nervosität nennen.
Schlecht geschlafen?
GABUMM
?!
Herr, haltet Euch etwas zurück!
Ihr macht sie noch wütender!
Was?! Ich schon wieder?!
GA GA GADUFF
Meir, weißt du, was das ist?
Das ist der Beweis, dass Toms Motorrad schon vor dem Unfall defekt war.
Und das Ding soll ihn von seiner Schuld befreien?!
Ganz gleich, welcher Beweis vorgelegt wird, Tatsache ist...
... dass er vorsätzlich andere Menschen verletzt hat und ein Sünder ist!

BA DUM
Genau, wie du behauptest, es ist eine Tatsache, dass Tom andere verletzt hat.
Jedoch...
ZDASCH
... dass Tom gegen sie gewalttätig geworden ist...
... war niemals vorsätzlich!
In der Welt gibt es eine Ansammlung von Zufällen...
... die ungewöhnliche Tatsachen hervorrufen können!
Sieh dir das mal genauer an.
Das ist das Bild einer Überwachungskamera am Tatort!
Du siehst das Bild der alten Dame, kurz bevor sie von Toms Schläger getroffen wurde!
Dieses Bild ist mein Unschuldsbeweisstück!

Im Auge der alten Frau...
... spiegelt sich die ganze Wahr- heit!

Das Auge der alten Frau spiegelt ...
... das Gesicht des Sünders!
Er ist panisch! Er hat Angst!
GHOOOOOO
Ohh, der Vertrag reagiert!
DEVIL'S COMMUTATIVE CONTRACT
Es wurde als Beweis akzeptiert!
Das Dark Matter strömt aus seinem Körper hinaus!
DSSSST
Herr, absorbiert es schnell!
Damit können wir unsere Kraft wieder-erlangen!
Okay!
Dass ich nicht lache!
Ich werde euch vorher kalt-machen!
DUSCH

!
Nach-dem...
... drei Mal hinter-einander der gleiche Unfall pas-siert ist...
... dachte ich, dass mir niemand glauben würde...
Ich hielt es sogar für selbstverständ-lich, dass ich in die Hölle komme...
Trotz-dem...

Ich danke dir von ganzem Herzen...
... dass du mir geglaubt hast, Kuca... bara...
Tom!
Halt durch, Tom!
Kyahaha, welch rührige Szene!
Aber viel zu kitschig!
WUAMM
BUFF

CRASCH
Kucabara...
... der Groß-dämon der Dämonen-welt!
Endlich ist er wieder der Alte!

Es ist genug, mein Herr!
Es ist nicht nötig, Euch weiter zu veraus-gaben!
Die Schuld von Tom ist nun erloschen, lasst uns schnell abhauen!
Verbraucht Ihr alle Kraft...
... waren unsere An-strengungen umsonst!
Herr!
So einfach ist das nicht!
Hn, du hast also wieder deine alte Gestalt!
Ja und? Was ändert sich damit?
ZWASCH

BUMM
GRRWASCH
Ich traue diesem Weib alles zu. Wer weiß, was sie noch mit Tom anstellt...
... wenn wir jetzt einfach fliehen.
Und zur Feier des Tages sollte ich auch ein wenig Spaß haben...
... nicht wahr, Meir?
GRIP

GWASCH
!!
WUMM
Kyaaah!
GADUMM
Shit, dumm gelaufen! Dann werde ich halt meine ganze Kraft einsetzen...
... und das Dark Matter aus dir heraus-quetschen!
Feder-Schwert...

TAAAAH!
Ich, Kucabara, Anwalt der Hölle...
... stelle im Fall meines Mandanten Tom...
... durch gewissenhafte Prüfung der Sachlage fest, dass dieser seine Tat...
... unabsichtlich begangen hat, und halte damit die Strafe, die Überführung in die Hölle, für unangemessen.
... ent-siegeln!
KLING

Im Namen meines Mandanten plädiere ich hiermit...
... auf un-schuldig !!!

Du musst dich nicht bei mir bedanken...
Ich habe es nicht verdient, Tom.

Ich habe doch eine Zeit lang an dir gezweifelt.
Dafür muss ich mich ent-schuldigen.
...
Du bist mir aber...
... ein toller Dämon...
TACK
TICK
TICK

WUSCH
Vor-
sicht!
BROOOO
BROOOOM
!
Hopp-
la!
Ahh!
QUIIETSCH
Entschul-
digung!
BROOOO
Heute
muss ich
aber auf-
passen...

Er ist wieder lebendig.
Wenn die Unschuld eines Sünders, der dazu verurteilt war, in die Hölle zu gehen, bewiesen wird...
... ist sein Tod an sich widersinnig und die Zeit wird zurückgedreht.
Wie ich es vermutet habe, in der Welt der Menschen...
... darfst du nie vorschnell urteilen!
Hey, ich hab's gehört, Idiot! Was heißt hier Schwachkopf?!
Aha, Ihr wollt mit mir kämpfen?!
Auch ich habe mich bemüht, Euch nicht vorschnell zu verurteilen!
So 'n Mist, was ist aus der Geschichte geworden, in die Dämonenwelt zurückzukehren?!
Schwachkopf!

Ahhh, was ist das? Frösche?!
Es regnet Frösche vom Himmel!
Tatsache!
Ist das etwa die Strafe des Himmels, weil wir eben nicht für den Frosch gebetet haben?
Wir fliehen, Bichura! Die Menschenwelt ist mir ein Rätsel!
Ahhhh, das bedeutet doch sicher das Ende der Welt!
frog rain
In diesem Moment regnet es im gesamten Stadtgebiet...
... unzählige Frösche. Dieses Phänomen bezeichnet man als »Froschregen«.
Der Froschregen ist ein äußerst seltenes Naturereignis und tritt mit einer Wahrscheinlichkeit...
... von 60 Millionen zu eins auf.
Quak.

Die Bahn fährt ein.
...
Schluchz ...
Kalt...
Hör mal, das ist gefährlich...
... geh besser hinter die gelbe Linie...
Mama, eine komische Frau!
Was?
BUMM

Ich wollte dir doch nur sagen, dass es gefährlich ist...
RTSCH
Nanu?
TUUUUT
RUMMS
RATAMM
RATAMM
RATAMM

JUDGMENT-2
DER APFELBAUM 1

»Entschuldigender Notstand«.
Begeht man notgedrungen eine Straftat, wird der Täter nicht bestraft.
Anwaltsrecht der Dämonenwelt
DEVILDOM
SATANALOGIE
Satanic Ethic
Rechts
ATTORNEY
Der Anwal
Instant-Nudeln
In diesem Fall kann sogar einem Anwalt die Schuld erlassen werden.
Aha, das hört sich ja gut an. Notieren!
Sst
RATAMM
Bichura, Nachschlag bitte!
Die Nudeln aus der Menschenwelt sind echt lecker.
KA
WUMM

Ihr seid nur am Essen und verdient keinen Cent!
Dann wagt Ihr es noch, mich um Nachschlag zu bitten!
Und überhaupt, das ist der Rest von Toms Dark Matter!
Da Ihr zuletzt so viel Kraft verplempert habt...
... ist nicht einmal ein Tausendstel der Menge zusammengekommen...
DARK MATTER
... die benötigt wird, Euch wieder in einen richtigen Dämon verwandeln zu können!
Trotzdem war es doch die Mühe wert.
Was redet Ihr da?! Wenn es so weitergeht...
... schafft Ihr es nicht mal in 100 Jahren!
So gebt diesen Traum von einem Anwalt auf...
... und lasst uns uns auf das Putzen von Leichen konzentrieren!
Wenn wir sie schön sauber machen und an den Dämonen-Shop verticken, kriegen wir mindestens 200 Gramm Dark Matter dafür.
Es tut mir leid, aber...
... das kann ich nicht machen.

...
Wieso?
Weil es zu anstren-gend ist.
BADUFF
Was glaubt Ihr, wer Ihr seid?!
Ihr werdet sie heute noch sauber machen, alle! Ist das klar?!
Ihr wollt doch mehr Nudelsup-pen essen, oder?
KLIIING
Das Gleich-gewicht der Dämonen-Waage ist gestört.
Das bedeutet, dass eine Unknown-Seele...
... in Event Horizon angekommen ist.
Bichura!

Ich habe doch bereits gesagt, ich will kein »Defense Devil-Anwalt« sein!
Ich habe die Mühe satt, und vor allem ist es furchtbar uncool, dass ein Dämon einem Sünder hilft!
Ohnehin ist mir diese Situation peinlich und alles Euretwegen!
Stimmt... du musst dich sicher meinetwegen furchtbar schämen...
So jemand wie ich, der aus der Dämonenwelt verbannt wurde, sollte am besten...
N...Nein, so habe ich es auch wieder nicht gemeint!
Menno, Ihr seid immer so schnell eingeschnappt... Verzeiht mir!
GOING
Komm mit, wenn du es mit deiner Entschuldigung aufrichtig meinst!
Ich muss die Unknown-Seele treffen, bevor ein Todesgott erscheint.

Ja ja ja, hab's ja verstanden. Ich komme ja mit!
Aber versprecht mir dieses Mal...
... dass unser Interesse nur dem Dark Matter gilt!
Kein Mitleid mit der Unknown-Seele!
Wir müssen so schnell wie möglich zurückkehren!
Nach Hause, zu unserer Familie, die auf uns wartet!
Familie...
Ach ja... Familie...

Was ist... passiert?
DODOMM
Warum bin ich...?

Du bist in Event Horizon.
Eine schmale Grenzzone zwischen Menschenwelt und Hölle.
Ein Ort, an den die Seelen gelangen...
... die im Leben vermutlich eine Sünde begangen haben.
W... Wer bist du...?

Mein Name ist...
... Kuca-bara.
Ich bin ein Anwalt, der hier in Event Horizon das Gleich-gewicht zu wahren versucht.
Ähm...
Ich ver-stehe nur Bahnhof...
Eine Unknown-Seele, die begriffsstutz ist... Das kann ja dauern.
Nami Hassei, du hast gestern auf dem Heimweg...
... am Bahnsteig auf den Zug gewartet.
Dort bist du auf die Schienen gefallen, wur-dest vom Zug überfahren und getötet.

Die Todes-ursache lautet...
... Selbst-mord!
!!
Ich wollte einem Kind helfen und ging zu ihm...
... dabei bin ich dann aus Versehen auf die Schienen gefallen!
Selbst-mord?! Das war doch kein Selbst-mord!
Es war ein Unfall!
Merkwürdig, in diesem Bericht steht eindeutig »Selbstmord«.
Ich habe das Material einem Todesgott geklaut, daher muss es korrekt sein...
Na ja, du siehst dir besser selbst an, was diese Tat be-deutet.

Da der Selbstmord eine Handlung ist, mit der man nicht nur sich selbst, sondern auch die Menschen in seiner Umgebung unglücklich macht...
SCHHHHHHT
... ist sie eine der schwersten Sünden, die den Zorn Gottes verdient!
A... Ahh...
KYAAAAAAAAH!!!
Nei-iiiin!
Kya-aah!!
Ich habe einen...
... Men-schen über-fahren ...

Uuuh, Nami...
Warum...?
Verzeihung.
Ich komme im Auftrag der Eisenbahngesellschaft.
Es ist sehr bedauerlich, dass Ihre Tochter gestorben ist...
... aber sie hat einen erheblichen Schaden verursacht. Darüber müssen wir uns unterhalten...
Durch den von einer Studentin gestern am Hauptbahnhof verursachten...
... Selbstmord-Unfall gibt es immer noch Störungen auf der Bahnstrecke...
Warum musste sie sich gerade am Bahnhof umbringen?
Hast du die Nachrichten gesehen?
Sie hat wohl versucht, ein Kind mit sich in den Tod zu ziehen.
Echt? Bei so einer Person...
GWASCH
... ist es nur gerecht, dass sie stirbt.

Nein, das ist... nicht die Wahrheit...
Das macht mich... furchtbar wütend.
Das sagst du so, aber dein Dark Matter hat eine zu intensive Farbe.
Die Intensität des Dark Matters verhält sich proportional zum Groll, welchen du durch deine Schuld erntest.
Die Energie, die du ausströmst, ist mehr als ausreichend für einen echten Sünder. Bald wird dich ein Todesgott in die Hölle abführen.
H...Hölle?
...
Ich will dir eine Frage stellen.
Der Tag, an dem du gestorben bist, war sehr kalt mit Schneegestöber...

Warum bist du denn...
... so dünn ange-zogen?
Was? D...Das liegt daran...
Ich erinnere mich nicht mehr.
Das liegt am Schock.
Bald wirst du dich daran erinnern.
Wahr ist, dass es Indizien gibt, die zweifeln lassen.
Nami.
Würdest du einen Vertrag mit mir ab-schließen?
Ich bin Anwalt.
Schließt du mit mir einen Vertrag ab...
... werde ich recherchieren, welchen Grund es für deine Tat gab.
Kann ich deine Unschuld beweisen, könnte ich deine Abführung durch einen Todesgott verhindern und dich unter Um-ständen wieder zum Leben erwecken!

Und du verlangst als Lohn...
... dieses Dark Dingsbums?
Ich dachte, du bist schwer von Begriff, aber im Gegenteil.
Du hast recht!
Aber keine Sorge, du brauchst das Zeug eh nicht, vielmehr...
Ahm...?
Du grinst so...
Oh, das ist ein Missverständnis! Meine Gesichtsmuskeln sind stark ausgeprägt...
Normalerweise bin ich viel ernster und... Nein, ich bin nicht auf das Dark Matter scharf...
Was ist, Bichura?!
Das ist jetzt dein Einsatz, du Cosplay-Todesgott!
Ich hasse das.
Okay, ich komme!
Mit wem redest du? Und was meinst du mit Cosplay?
Nanu? Hast du's gehört?!
Nichts, ich rede mit mir selbst... Ich wollte schon immer mal Cosplay machen.
Du redest so laut.

Abgesehen davon, habe ich so ein Gefühl...
... dass der Todesgott schon gleich hier ist.
Hört, hört...
Nicht schlecht.
Hää?

BUFF
... eine Fliege.
Ach, und ich dachte, du hättest meine Anwesenheit gespürt...
Deswegen habe ich dich doch gelobt, aber du bist ja nur...
BADAMM

Wer bist du?
Ich bin Ponsol.
Ich bin ein Todesgott und spezialisiert darauf, Seelen wie dich, die Selbstmord begangen haben, einzusammeln.
Du bist in der Tat eine große Sünderin. Du strahlst ein besonders starkes und gutes Dark Matter aus.
Mein Herr!
Haltet durch?!
Khhh... Bereu deine Tat für immer in meiner Hölle.
Kyaa!
DA DA DA DAB
Das sieht nicht gut aus, Bichura...
Wenn ich mich recht erinnere, ist dieser Todesgott Ponsol...
... ein Magier!
Er kann Pflanzen in Geister-Dämonen umwandeln und greift damit an.
KLATSCH

GHOOOOA
DOOOOMM
... warum sollte ich mir die Arbeit machen, sie in die Hölle zu schleppen.
Am besten erledige ich es hier und kassiere das Dark Matter sofort.
Wenn ich so überlege...
KYAAAH!!
KYAAAH!!
Stirb!
DUSCH

BADUFF
Weißt du, was an Seelen so hervorragend ist?
Ganz gleich, wie brutal sie auch getötet werden...
... sie nehmen sofort wieder die ursprüngliche Form an.
ZHAB
Natürlich ist es eine Kleinigkeit, sie endgültig zu töten...
... aber wer lässt sich so einen Spaß entgehen?
Na, hat es gebrannt?
Soll ich es noch einmal versuchen?
SCHLULUPP

POFF
Hör auf!
Du Schmalzfliege...
... lebst immer noch?
Ich bin keine Schmalzfliege.
Ich bin ein Anwalt, der das Gleichgewicht in dieser Welt bewahrt.
Und was willst du unternehmen...
... wenn ich nicht aufhöre?
Es steht noch nicht fest, dass Nami eine Sünderin ist.
Sie ist eine Unknown-Seele, bei der noch Zweifel bestehen, ob sie wirklich eine Sünderin ist.

Dann werden wir sie einfach entführen!
DA DA
DA DA DAB
!
Gut gemacht, Bichura!
DASH
BZZZ
BZZZZZZ

GWOOOOH
WAAAAAAH!!
Ver-dammt! Mein Herr!
Überlass sie mir!
Ich habe sie...

KADUFF
GWAAAH!!
ZASCH
Hihihi... Du willst ein Anwalt sein?
Du tust so, als ob wir Fehler machen würden...
... aber sieh her, du Wurm!
SFT

Das ist...
... der Beweis, dass dieses Weib schuldig ist!
Was meint er?
Keine Ahnung...
Das ist die Spur eines Ringes, den sie eine lange Zeit getragen hat.
Bei den Menschen ist es so, wenn Männer und Frauen zusammen sind, tragen beide Ringe.
Verstehst du, was ich sagen will?
Der Grund für ihren Selbstmord ist Liebeskummer, weil sie verlassen wurde.

Zwei Tage, bevor sie sich tötete...
... wurde sie von dem Mann verlassen, mit dem sie lange Jahre zusammen war.
Sie klammerte sich an den Typen und flehte ihn an...
Du bist penetrant! Hau endlich ab!
Du nervst mich!
... er jedoch beschimpfte sie grob und ließ sie fallen.
Aus Verzweiflung ging sie zum Bahnhof und warf sich vor die Bahn...
Buff
Kein seltener Fall.
Nein.
Ich wollte nur das Kind vor einem Unfall bewahren...
RATSCH

KYAAAAA!!
Auch wenn du wegen des Kindes fast gefallen wärest...
... hättest du dich sofort wieder fangen und retten können!
Aber du hast es nicht getan.
Warum nicht?
Weil dir der Wille zum Leben fehlte!
KYAAAAAAAH!!!
Elende Sünderin.
Du kannst mich nicht täuschen!

GRIP
BUMM
Lass mich los, Bichura!
Habt Ihr unsere Abmachung vergessen?
Unser Ziel ist ausschließlich das Dark Matter!
Diese Frau hat eindeutig Selbstmord begangen! Wir müssen ihr nicht noch weiter helfen...
Bichura!
Ich sagte, du sollst mich loslassen!

NEIIIIIN!!
Hey, hier bin ich!
DABBB

AAWUMMM
Er ist in die Falle gegangen!
BUMM
STASCH
Die Druckstelle des Rings soll der Beweis sein?!
Dass ich nicht lache. Das ist doch eher ein Gegenbeweis.
SCHHHHH
Nami ist unschuldig!
Ich werde es beweisen!

JUDGMENT-2
DER APFELBAUM 2

Nami ist unschuldig!
Ich werde es beweisen!
BZZ
BZZ
Du, elende Ratte!
Du bist vom faulen Fleisch angelockt worden, was?!
BZZ
Bi-chura!
DU
DUDUDUMM

Lasst sie nicht ent- fliehen!
Oh nein!
Der Vertrag ist mir aus der Tasche gefallen!
Nami?! Das schaffst du nicht!
WAAAAAH!
BADUFF

Kucabara!
Ich muss auf diesem Papier unterschreiben, oder?!
Super, Nami! So ist es!
Wenn es unterschrieben ist, wirst du mit den Personen in deiner Umgebung automatisch in die Menschenwelt befördert!
Nur die in ihrer Umgebung?
DSS DSSS DSSUMM
Genau! Nur die...
Bichura, beeil dich!
Schnee-eeell!!
FLATTER

BSCHHT
Ver-schwun-den.
Sie sind wohl in die Menschenwelt geflohen...
Dieser Typ...
... sein Name war doch Kucabara.
Menschenwelt
ZWITSCHER
ZWITSCHER

BUMM
PLATSCH
Keuch, röchel!
Aua, mein Kreuz ...
Alles okay ?!
Ist das etwa...
... der Park, den ich so oft besucht habe?
Ist der Vertrag abgeschlossen...
... können wir mit in die Welt des Klienten.
Puuuh... Endlich haben wir es geschafft, den Vertrag abzuschließen, und wir sind hier...
Vielen Dank, Nami.
Nicht doch.
Wir haben es geschafft, weil du dich für mich eingesetzt hast.

Hier, zieh dir das an.
Sonst erkältest du dich nur.
DAB
Danke.
DUSCH
...jetzt reicht es mir!
Ich steige aus!
Ihr wart eben wirklich wütend auf mich, oder?!
Ich sagte, du sollst mich los-lassen!
Ich habe mitge-macht, weil wir in Not waren...
Bichura, das war doch nur...
Ich will nichts mehr hören!
Eure Launen gehen mir echt auf den Senkel!

Ihr habt doch die gefährliche Technik von diesem Ponsol gesehen, oder?
Der schickt uns haufenweise Geister-Dämonen auf den Hals. Welche Gewinnchancen haben wir da? Keine!
Und wieso beschützt Ihr diese erbärmliche Sünderin...
... die Selbstmord begangen hat?
Bichura...
Du hast gesagt, wir müssen schnell nach Hause, oder?
Ja, ich will auch schnell meine Familie sehen.
Dann ist es doch umso verständlicher...
Gerade deswegen...
... will ich an Nami glauben.
Nami hat die Beziehung zu ihrem Freund so geschätzt, dass sie sogar Abdrücke vom Ring bekam.
Sie hat ihn nämlich nie abgenommen. So gewissenhaft war sie dabei.
Das ist doch gerade der Beweis, warum sie sich selbst getötet hat...
Nein, eben nicht!

Ich kann nicht glauben, dass gerade jemand, wie sie...
... die eigene Familie, von der sie so geliebt wird, ins Unglück stürzt.
Auch wenn sie sich wirklich schlecht und dreckig fühlt...
... könnte sie niemals bei den Gedanken an ihre Familie Selbstmord begehen.
Ich kann das...
... verstehen...
BUFF

Wie ist Euer Plan?
Wie finden wir das Unschuldsbeweisstück?
Bchuler!
Das Unschuldsbeweisstück?
Etwas, das deine Unschuld beweisen kann. Ein Beweisstück.
Es gibt einen Grundsatz, der besagt, »Im Zweifel für den Angeklagten«.
Anwaltsrecht der Dämonenwelt
Das heißt, wird kein eindeutiger Beweis für die Schuld erbracht, kann auch eine stark verdächtigte Person freigesprochen werden.
Finden wir ein Unschuldsbeweisstück, lassen wir es vom Vertrag überprüfen. Bekommen wir recht...
... und ist deine Unschuld bestätigt, wirst du vom Dark Matter in deinem Körper befreit.

Natürlich wird der Todesgott uns dabei nicht einfach so zuschauen...
... doch mach dir keine Sorgen, Nami... Ich werde dich beschützen.
Ach nee.
Dann lass uns mal zuerst zu der Station gehen, wo sich der Unfall ereignet hat.
Normalerweise ist Selbstmord eine Verzweiflungstat, die man begeht, wenn man alle Hoffnung verloren hat.
Sollte das in deinem Fall nicht so sein, werden wir Beweise finden, die dieser Annahme widersprechen.
Was mich dennoch stutzig macht, ist, warum Nami an einem Tag, an dem es schneite, so dünn angezogen war...
Vielleicht sollten wir mal die Leute am Bahnhof befragen oder die Überwachungskamera checken...
Es ist leichter, eine Nadel im Heuhaufen zu finden!
Hey, kannst du dich nicht an etwas erinnern?! Du bist unser Schlüssel!
...

Ich kann mich nicht erinnern.
Nichts... Gar nichts.
Aah... ich bin doch eine Idiotin...
Es wird schon, Nami.
Das muss ein wahnsinniger Schock gewesen sein, als du vom Zug erfasst wurdest.
Es ist ganz normal, dass du dich an nichts erinnern kannst!
Ich bin immer so...
Ich konnte noch nie das sagen, was ich wirklich sagen will.
Bin ich nicht eine Idiotin...?
Entschuldige, Kucabara...

Du bist keine Idiotin.
Eben hast du schnell geschaltet und bist runtergesprungen.
Lass uns durchhalten, Nami.
Es ist vor dem Sonnenaufgang immer am dunkelsten, so wie jetzt.
Trockne deine Tränen. Und machst du wieder so ein Gesicht...
... werde ich dir deinen nassen und süßen Hintern versohlen.
Komisch? Ich habe gar nicht vorgehabt, so etwas zu sagen. Mein Mund hat ganz eigenständig...
Dieser Mann ist geisteskrank.

Ich erinnere mich, Kucabara!
Der Grund, warum ich so dünn angezogen war...
KYAAAH!!!
GADUSCH
Wie konnte er so schnell in die Menschenwelt kommen?!
Er hat sicher dasselbe Wurmloch benutzt wie wir!

KLATSCH
Ihr werdet es bereuen...
... dass ihr in die Menschenwelt gekommen seid!
SCHHHHHH
WAAAAAH!!!!
Da sind wieder diese komischen Gestalten!!!
DOMM
Oh nein, Bichura!
BUFF
BUFF
BUFF
Wir müssen uns aufteilen!

Ich werde mit denen schon fertig!
BADOMM
Bichura, du gehst mit Nami zum Bahnhof und suchst dort nach dem Unschulds-beweisstück!!
DA DADADADAB
BADOMM
Was?! Ich?!
Ja! Du! Beschütz Nami mit deinem Leben!
Hier, nehmt das!
Verdammt, was könnt Ihr denn mit so einem schwachen Körper aus-richten?!
WHYT
Ich habe Dark Matter für alle Fälle mit-gebracht!
Es ist zwar nur wenig, aber es wird Euch helfen!
ZACK
Danke.
DUSCH
BADOMM
BADOMM

BADOMM
Hey, träum nicht!
Willst du etwas von Nami, dann musst du es zuerst über ihren Anwalt regeln!
BADOMM
BADOMM
Na, bist du schwindel-frei?!
Hier unten sieht die Landschaft auch nett aus!
WUSCH
Schnell, das Dark Matter einnehmen...
SCHWOPP

KLINNG
Es gab einmal einen Fall, da wurde ein Dämon aus der Dämonenwelt verbannt.
Das war ein relativ bekannter Fall, da...
TAPP
Nachdem ich deinen Namen gehört hatte, habe ich mich an etwas erinnert.
... dieser Trottel von einem Dämon der Sohn unseres großen Dämonen-königs...
... Mephisto Barto Kucabara war.

JUDGMENT-2
DER APFELBAUM 3

Es gab einmal einen Fall, da wurde ein Dämon aus der Dämonenwelt verbannt.
Das war ein relativ bekannter Fall.
Da dieser Trottel von einem Dämon der Sohn unseres großen Dämonenkönigs war.
Mephisto Barto Kucabara!
...
Na, willst du ein Autogramm von mir?
Ich hörte, dieser habe sich nach der Verbannung umgebracht.
Das wäre viel besser gewesen, als irgendwelchen Sündern zu helfen...
DAB

Dein dreckiges Auto-gramm...
... Kannst du dir auf deinen Grabstein meißeln!
GUSCH
RADAMM
GADUFF
KAWUWUMM
SSSR
LUPP
Woa...?!
WANK
SCHHHHHH

Ich werde dir den Selbstmord ersparen!
DGOOOOSCH
Was ist das denn für eine Station?!
Hier gibt es gar keine Über-wachungs-kameras!

Sag mal, wenn uns jemand so sieht...
Keine Sorge, du bist ein Geist und unsichtbar.
Wir von der Dämonenwelt sind normalerweise für die Menschen unsichtbar.
Dafür regulieren wir extra unsere Kräfte, damit wir unsichtbar sind!
BOFF
Was ist das denn?! Da ist etwas auf den Schienen!!
DA DA DA DAB
Das kann schon mal in die Hose gehen.
Hier war es also.
Der Unfallort.
Das ist doch ein Stofftier, oder?
Glotz nicht so!
Ja, da bin ich mir ganz sicher. Aber es gibt keine Spuren mehr.
Ist doch klar! Dachtest du, hier würde eine Gedenktafel stehen?

Dein Selbstmord hat viele Menschen ins Unglück gestürzt.
Wer wird mit dir denn schon Mitleid haben?
So wie es aussieht, war die Suche nach dem Unschuldsbeweisstück umsonst.
Huch, war ich jetzt zu gemein?!
Nicht schlimm, solange man nicht aufgibt...
... bleibt einem die Hoffnung.
Dass ich nicht lache, das hier ist kein Märchen, in dem Wünsche wahr werden!
Du bist viel kindischer als mein Herr!
Du heißt doch Bichura, oder?! Darf ich dich etwas fragen?
Warum setzt sich Kucabara so für mich ein?
...

RATAMM
Mein Herr ist der dritte Sohn...
RATAMM
... des großen Dämonenkönigs Mephisto Barto.
Obwohl er ein Sohn des Dämonenkönigs ist...
... besaß mein Herr von seiner Geburt an einen freundlichen Charakter. Daher...
... wurde mein Herr gemieden, während er aufwuchs.
RATAMM
Letztendlich wurde er von Leuten, denen mein Herr ein Dorn im Auge war, in eine Verschwörung verstrickt.
Die Folge war, dass er seine Kraft und Position, einfach alles, verlor und aus der Dämonenwelt verbannt wurde.
RATAMM

Deswegen kann er es nicht lassen, denjenigen zu helfen...
... die in einer ähnlichen Misere stecken, oder?!
RATAMM
RATAMM
Eine billige und lang-weilige Ge-schichte...
... trotz des rührenden Elements.
Was machst du denn hier?!
Und was ist mit meinem Herrn passiert?
KLATSCH
!
SCHHHHHH

KYAAAAH!!!
Flieh!
GWAAAAH
DAB
?!
BUFF
TUUUUT
!
Oh, Gott! Da ist jemand auf die Schienen gefallen!!
Neiiiinn!
Scheiße!

CRASCH
KYAAAH!
Was willst du von mir?!
GRIP
Bichura!
Alles in Ordnung?!
Sag Kucabara...
... dass ich mich vorhin im Park an alles erinnert habe.

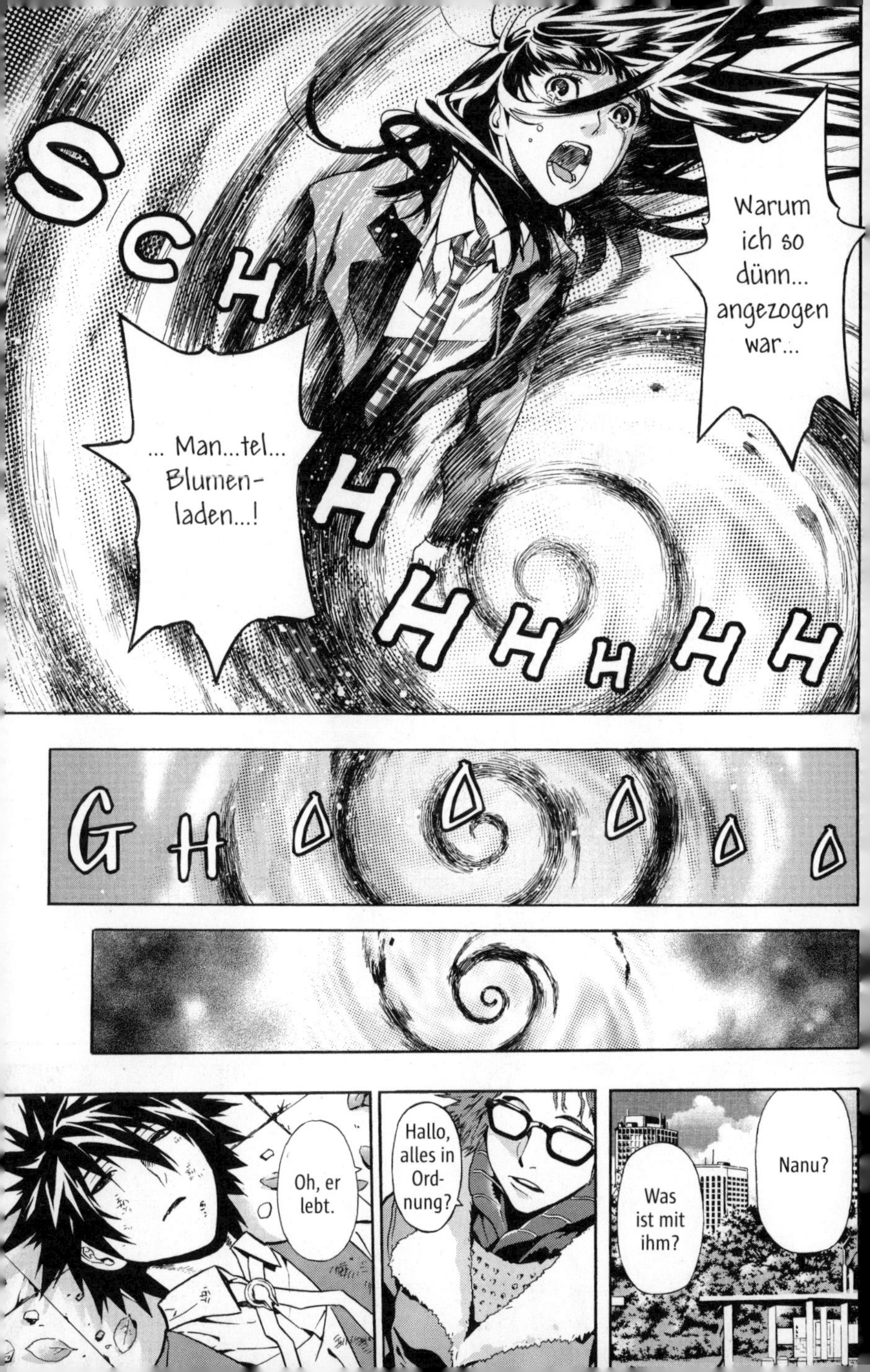
Warum ich so dünn... angezogen war...
... Man...tel... Blumen-laden...!
SCHHHHHHH
GHOOOOO
Nanu?
Was ist mit ihm?
Hallo, alles in Ord-nung?
Oh, er lebt.

Uhhh... Mein Kopf tut weh...
Du kannst mich sehen?
Was redest du da?
Hast du das alles gemacht?
Sorry, ich will dich nicht verärgern.
Ärgerlich ist es allerdings schon.
So kann ich mich ja nicht richtig erinnern.
Obwohl ich mich hier so oft mit Nami getroffen habe.
Hast du gerade Nami gesagt?
Diese Nami, die am Zentral-bahnhof gestorben ist...?
Was? Du kennst Nami auch?
Sag mal, was war sie für ein Mädchen?
Ich würde gerne Details... nein, erzähl mir doch einfach von ihr.
Sie war ein seltsames Mädchen.
Wenn du sie gekannt hast, dann weißt du es sicher auch.

Sie war ein sehr guter Mensch.
Sehr selten heutzutage.
Sie hatte ein weiches Herz.
Sie hatte so einen guten Charakter, dass sie nicht ohne zu helfen an einem Obdachlosen vorbeigehen konnte.
Ihr Hobby war es, ehrenamtlich Leuten zu helfen.
An ihren freien Tagen ging sie zu alleinstehenden alten Menschen oder Waisenkindern...
... um bei ihnen im Haushalt zu helfen.
Sie hatte immer einen speziellen Spruch parat...
... für die Menschen, die sie besuchte.

»Selbst wenn morgen die Erde unterginge…«
»… ich würde heute einen Apfelbaum pflanzen.«
Es soll bedeuten, dass man in den aussichtslosesten Situationen…
… die Hoffnung auf keinen Fall aufgeben darf.
Dass eine Person, die das Wort Hoffnung so geliebt hat…
… dass diese sich umbringt…
… ich verstehe die Menschen nicht.
Gut, er glaubt nicht, dass Nami sich umgebracht hat!
Sag mal, du…
Wenn ich ihn als Unschuldsbeweis angeben könnte…
'tschuldige, ich habe so lange für mein Make-up gebraucht.
Zu lahm.

Hier, deine Tasche.
Danke.
Ich bin hier fertig. Lass uns zum Riesenrad gehen.
Ja.
Warte.
Du sagtest, du hättest dich hier oft mit Nami verabredet.
Bist du nicht her-gekommen, weil du sie noch liebst?
Machst du Witze?
Wie könnte ich eine lieben, die sich selbst umbringt?!
Ich will mit einer neuen Freundin...
... meine Enttäuschung besiegen.
Sie ist mir mit ihrem Apfelbaum und so...
... tierisch auf die Nerven gegangen, ehrlich.

Es gibt für einen guten Charakter auch eine Grenze.
Du kannst mich sicher verstehen. Ich habe es nicht leicht mit ihr gehabt.
Als ich sagte, dass ich mich von ihr trennen wolle, hat sie sich wie eine Klette an mich gehängt.
Trotzdem, ich bin nicht schuld an ihrem Tod.
Ich will einfach nur diese dunklen Gefühle loswerden.
Hey!
Ich hörte, es ist verboten...
... Müll in diesem Park abzuladen!
Hää?
KYAAAAAAH!!

Was soll das?!
Alles in Ordnung mit dir?
Sei auf der Hut! In der Hölle...
... recyceln wir keinen Müll! Niemals!
Mein... Herr...
Bichura?!
Was ist? Hat Ponsol dir das angetan?
Er hat sich Nami geschnappt...
... und in die Hölle mitgenommen...
Neiiiiin!! Aufhören!!

Hilf mir, Kucabara!
Kuca-bara!!
Was machen wir jetzt? Wir besitzen weder das Unschuldsbeweisstück...
... noch einen Rest vom Dark Matter.
So muss sie...
... für immer und ewig, in der Hölle leiden.
Mach dir keine Sorgen.
Solange wir nicht aufgeben...
... gibt es noch Hoffnung!

JUDGMENT-2
DER APFELBAUM 4

Mein Herr, bevor Nami verschleppt wurde, sagte sie etwas von einem Mantel...
... und einem Blumenladen.
DA DA DA DA DAB
Und weiter, Bichura?!
Verzeihung, wir sind in Eile...
ANGEL FLOWER
Ich habe einen Blumenladen gefunden...
... direkt neben der Station, an der Nami gestorben ist!
HFF HFF
Gut gemacht, Bichura!
KLATSCH
Ja, Ihr auch, mein Herr!

KLINGELING
Willkommen. Hier können Sie ein Stück Glück kaufen.
Was suchen Sie in unserem Laden, »Engelblumen«, meine Engelchen?
Das geht zu weit!
Ich bin ein Dämon!
KNACK
Bichura, du Idiot!
Selbst schuld, wenn sie zu einem Dämon Engel sagt!
Das hat mich angewidert.
Mach mir jetzt keinen Ärger.
Wir haben keine Zeit. Bevor Nami in der Hölle landet, muss ich ein Unschulds-beweisstück finden!
Dämonen-Such-spray!
Es ist mir egal, was, aber es muss etwas geben, das mit Nami zu tun hat!
SCHHHHHHHHHT
Devil

Weißt du, was Hunde tun, die von Menschen gehalten worden sind...
... wenn man sie zusammenpfercht und ihnen nichts zu fressen gibt?
Die Stärksten bilden eine Herde...
... und sie fressen der Stärke nach, die Schwächsten zuerst.
Wenn es bei den hungrigen und in die Ecke getriebenen Hunden so ist...
... wie wird es dann wohl bei euch Menschen sein?
Unter dem der Lust verschriebenen Abschaum...
... der der Welt seinen Rücken zugewandt hat?

Will-
kommen
in meiner
Hölle...
... EATING
HELL.

Ich bin ein Gentleman und füge den Sündern keine direkten Qualen zu.
In meiner Hölle wird die Qual nicht von außen zugefügt, sondern sie entsteht darin.
Ein Hunger, der so heftig ist...
... dass man sich den Tod wünscht!
Die Schwachen und auch die Starken werden gefressen...
Die Seelen jedoch werden sofort wiederbelebt, ganz gleich wie oft sie sterben.
Sie kämpfen elendiglich miteinander und werden grausam gefressen... Und dies wird unendlich oft wiederholt!
Sage und schreibe 4.000 Jahre lang!
Bitte helfen Sie mir!!
Ich flehe Sie an!
I...Ich habe mich nicht umgebracht.
Das ist die Wahrheit. Glauben Sie mir!
GRIP

Kya-
aaaa-
aah!!
Warum...
... gibt
es keine
Reaktion?

Seltsam... Wenn Nami tatsächlich hier gewesen ist, müsste es doch irgendeine Reaktion geben.
Bichura, du bist dir sicher, dass es dieser Laden war?
Wir suchen noch ein wenig.
Ihr habt nichts am Bahnhof gefunden, oder?
...
Mein Herr, es ist schon so spät.
Was wird jetzt mit Nami...?
Bichura, du bist schon so lange bei mir und hast es immer noch nicht kapiert, was?!
Dass ich jemand bin, der sich nur schwer in sein Schicksal fügt.
Es ist noch nichts verloren!

Hi-hi-hi...
Hya-ha-ha!
Uhh...
Uuuh...
Dafür, dass du Selbstmord begangen hast...
... hängst du ja ganz schön an deinem Leben.
Na ja, als Lohn für deine Bemühungen...
... erzähle ich dir eine interessante Geschichte.
Glaubst du etwa wirklich, du bist auf die Schienen gestürzt...
... nur weil du ausgerutscht bist?

Seht Ihr?!
Hier gibt es gar keine Spuren mehr.
Mist...
So habe ich es mir nicht vorgestellt...
Kennst du das Spezialgebiet eines Todesgottes?
Die Wahrheit zu manipulieren... Dafür irgendeine Lüge zu erfinden.
An jenem Tag kamst du in der Nähe der Schienen ins Wanken.
Du hättest dich ohne weiteres noch fangen können.
Verstehst du mich immer noch nicht?
Es war nicht notwendig, dass du gestorben und in die Hölle gekommen bist.

Meine Manipulation der Wahrheit...
... hat dieses große Unglück verursacht.
Auch ein Todesgott muss in der Menschenwelt Dinge drehen...
... um überleben zu können.
!
Darf ich bitte mal?

Das ist die Stelle, an der meine Lebens-retterin gestorben ist.
Hieß das Mädchen, das hier gestorben ist, Nami?
Opa, sind die Blumen etwa für Nami?
Das war eine junge Frau wie ein Engel...
... die mir ihren Mantel gab, als ich kurz vor dem Erfrieren war.

GRAPSCH
Nein!! Kyaah!!
Komm schon, schnell !!
Ghi-hi-hi!
Du bist unverbesserlich!
Es scheint, dass ich noch ein wenig nachhelfen muss.
An dem Tag hat es geschneit...

Wegen des plötzlichen Schnees waren die Menschen in romantischer Stimmung...
... und niemand außer ihr hatte mich bemerkt.
Ich steige eh gleich in den Zug ein.
Sie machte einen leicht traurigen Eindruck...
... trotzdem war ihr Gesicht voller Hoffnung.

Sie sagte zu mir...
... »Halten Sie durch.«
»Es gibt einen Spruch: Selbst wenn morgen die Erde unter-ginge...«
»... ich würde heute einen Apfelbaum pflanzen.«
Aha, so war das also.
KLONG
WUPP

Ich habe alle Teile...
... des Puzzles zusammen-bekommen.
Ich halte nun...
... mein Schluss-plädoyer.

Sie sagte zu mir...
... »Halten Sie durch.«
»Es gibt einen Spruch: Selbst wenn morgen die Erde unterginge...«
»... ich würde heute einen Apfelbaum pflanzen.«
Opa!
Darf ich mal diesen Mantel haben?
Also doch...
Das Puzzle ist komplett!

JUDGMENT-2
DER APFELBAUM 5

!
DUSH
Kuca-bara!
Nami, bist du wach?!
Das war sicher schlimm für dich.
Sei unbesorgt, denn jetzt bin ich da.
Waah, Moment mal?!
SCHLUCHZ
Hey Nami, nicht so Klam-mern!

WUSCH
WAAAAAH!!
!
Ahh!
Neiiiin!!
Nami!
WUPP
RUMMS
Kuca-bara!
GRPP
Ha-haha, Schmalz-fliege!
Nun bist du selbst in meine Hölle ge-stürzt!

Frischfleisch ist soeben angekommen!
Fresst sie auf!
GWAAAAAH
DA DA DAB
Ponsol, das ist ein Mantel, den ein Obdachloser...
... in der Nähe des Unfallortes getragen hat!
Dieser Mantel gehörte Nami!
Sie sah den frierenden Obdachlosen...
... im Schnee und gab ihm ihren Mantel!
Das ist der Grund, warum Nami bei ihrem Tod so dünn angezogen war!

Hahaha, ja und?
Willst du mir etwa sagen, dass eine barmherzige Person niemals Selbstmord begeht?!
Hör mir gut zu! Egal wie du die Sache beschönigst, Wahrheit bleibt Wahrheit.
Und die lautet, dass sie sich selbst...
... vor den Zug geworfen hat, da sie ihren Lebenswillen verloren hatte!
Mein Herr, schnell, erhebt Einspruch!
Nami, du wolltest Bichura von einem Blumenladen erzählen, stimmt's?
Wolltest du ihm vielleicht sagen, dass du dort etwas gekauft hast?
...
Genau...
Ich hörte, du kennst einen Spruch, den du immer zitierst...
... wenn es dir schlecht geht, um die Hoffnung nicht zu verlieren.

Selbst wenn morgen die Erde unterginge...
... ich würde heute einen Apfelbaum pflanzen.
Sieh, Ponsol! Das war in Namis Manteltasche drin!
Dies hat sie kurz vor ihrem Tod gekauft.
Ich bringe diesen Gegenstand als Unschuldsbeweisstück vor...
... dass Nami nicht Selbstmord begangen hat!
ANGEL'S GARDEN
LE
Was ist das...?
Samen für einen...
... Apfelbaum?!
BOFF
Ach ja, Pflanzensamen symbolisieren Hoffnung!
Dass sie diese kurz vor ihrem Tod gekauft hat, bedeutet...

ANGEL'S GARDEN
APPLE
Sie wollte einen Apfelbaum pflanzen!
So handelt keine Person, die Selbstmord begehen will!
Stimmt's, Nami?
Ja!
HHHHH
Der Vertrag hat darauf reagiert!
SCHH
Er hat dies als Unschuldsbeweisstück akzeptiert!
Fleisch, Fleisch, Fleisch!!

GHOOO
Ver-
schwinde...
BADUMM
SCHHHHHH

... du Wurm!

Fleisch, Fleisch! Ghihihi!!
Feder-Schwert...
... ent-siegeln!
KRAKLIIING
Gwaaaah!!
DOODOODOOMM
...
Vergesst nicht Euer Versprechen, Herr!
Verausgabt Euch nicht!

Verbraucht Ihr wieder das ganze Dark Matter...
... stehen wir erneut vor dem Nichts!
DAB
Nami, ich werde dich beschützen, auch wenn ich meine...
... gesamte Kraft für dich verglühen lasse! Das schwöre ich!
Hört mir doch zu, verdammt noch mal!
Was heißt hier verglühen, hä?!
TAPP
Du bist also der Verursacher des Unfalls ...
WUSCH
... der mit Hilfe eines dreckigen Tricks Nami getötet hat?
Du willst dich doch nicht etwa...
... gegen einen Todesgott auflehnen?!

Damit machst du alle Dämonen...
... der Dämonenwelt zu deinen Feinden!
GADUSCH

Du scheinst nicht einmal die Hälfte der Gerüchte, die über mich kursieren, zu kennen.
Solange ich etwas habe...
... das ich beschützen kann, werde ich es bis zum Schluss beschützen...
... auch wenn ich dabei alles verliere!
!
DASCH
Ich, Kucabara, der Anwalt der Hölle...
... urteile im Falle meiner Mandantin Nami...
Schei-ße!
... nachdem ich erneut die Sachbeweise nach bestem Wissen und Ge-wissen geprüft habe...
... dass sie niemals Selbstmord begangen haben kann. Demnach...

... plä-
diere ich
hiermit...

... auf un-schuldig!
Du wirst es...
... be-reu... en.
TICK
TACK
TICK
TACK
TUUUUUUT

?!
Sind Sie in Ordnung? Das war knapp.
Echt, fast wären Sie unter die Räder gekommen.
Mir... geht es... gut.
Was war das?
Es war nur ein Augenblick...
... aber mir kommt es vor, als ob ich ganz viel erlebt hätte...
Hallo?

Tut so, als ob er ein Stofftier ist.
Ein Obdachloser vor der Station hat mich gebeten...
... Ihnen das zu geben.
ANGEL'S GARDEN
Ach, ich hatte ganz vergessen, es aus dem Mantel rauszunehmen.
Vielen Dank für die Mühe.
Keine Ursache.
Wenn die Unschuld eines Unknowns bewiesen wird...
... ist sein Tod an sich widersinnig und die Zeit wird zurückgedreht.
Darüber hinaus ...
Ahm... sind wir uns schon einmal irgendwo begegnet?
... können sie sich nicht mehr an die Dinge erinnern, die sie in der Todeswelt erlebt haben.
Nicht dass ich wüsste...

Tss, einmal am Ende cool sein, und das war's?
Das ist alles für so viel Ärger?
Dazu habt Ihr das gesamte Dark Matter verbraucht, was wir angespart hatten.
Hört Ihr mir zu? Hallo?
Trotzdem hat sich die Mühe gelohnt.
Sonst wäre Nami jetzt in der Hölle gelandet.
Bichura, es ist mir etwas klar geworden.
Ich möchte noch mehr Personen helfen, die wegen...
... eines ungerechten Urteils nach dem Tod leiden müssen.
Ich glaube, ich verstehe...
... ihre Gefühle am besten.
Phääää!
Habt Ihr denn so viel Geld dabei?

Schnell weg hier!
Was?
DASCH
Hey, was für eine Währung ist das?
Wollt Ihr etwa in die Hölle kommen?
Nein, die Summe stimmt schon!
Und von der Hölle habe ich die Nase voll!
DA DA DAB
Auch wenn Ihr nicht in der Hölle landet...
... Ihr habt bereits zwei Mal die Todesgötter gestört.
Ihr steht jetzt sicher bei ihnen ganz oben auf der Abschuss-liste!
Nicht, dass wieder alle möglichen Dämonen...
... wie früher, hinter Eurem Leben her sind?!
RATAMM
RATAMM
ANGEL'S GARDEN

Mach dir keine Sorgen!
Selbst wenn morgen die Erde unterginge...
... ich würde heute einen Apfelbaum...
... pflanzen!

Dämonen-
welt
Hast du es schon gehört?
Dein jüngerer Bruder, Ponsol, soll gegen den verstoßenen Prinzen verloren haben.
Gerüchten nach soll dieser sich als Anwalt ausgeben...
... und Sünder, die zur Hölle verdammt sind, davor retten.
Willst du nichts gegen ihn unter-
nehmen?
...

Was tust du da, Sugal?
Ich habe dort eine Eisenkugel platziert.
Ich versuche gerade, mir die kinetische Energie der Kugel vorzustellen, wenn diese herunterrollt.
Am Ende des Gefälles befindet sich ein Sünder.
Schaffe ich es, ihr den richtigen Impuls zu geben, kann ich den Sünder durch die Masse der Kugel quälen.
Ich muss nur noch die Relationsgleichung von X und Y herleiten…
...
Es ist eine mühsame Aufgabe, bei der weder rationale noch irrationale Zahlen anwendbar sind…
...
Das ist die Lösung.
GROLLLL
Hiiii!!
Waaaaah!!

Gwa-aaahh!!
QUETSCH
Wenn mein Bruder von diesem Kerl besiegt wurde...
... dann ist dieser...
... wenigstens kein Dummkopf.

JUDGMENT-3
DER HELD 1

Event Horizon - West
ELIMONA SHOP
Bichura, geh doch zuerst rein!
Nein, ich will nicht. Geht Ihr bitte vor!
Ich bitte dich, du weißt doch, dass Elimona mich immer ärgert. Sie macht sich einen Spaß daraus.
Ich bleibe hier draußen und du gibst das Zeug ab, ja?!
Nein! Letztes Mal hat sie mich veräppelt.
Und ich war's schließlich, der diesen Job an Land gezogen hat!
Nein, du gehst!
Nach Euch!
FUCHTEL
TRAMPEL

?!
Hallöchen, Kucabara!
BUFF
Mensch, du bist spät dran!
Ich bin schon müde vor lauter Warten!
Hast du den Job auch anständig gemacht?
Wenn nicht, dann piekse ich dich mit dieser Spritze!
Elimona - Laden-inhaberin

... Wuuu-upp.
Geh runter von mir!
Und warum hast du ein Krankenschwester-kostüm an?!
Ganz schön peinlich für eine Erwachsene, ständig Cosplay zu machen...
Letztens mit deiner Lehrerinnenverkleidung sahst du einfach nur wie eine billige Erotik-Darstellerin aus!
Du bist ja gemein. Das habe ich mit viel Mühe aus der Menschenwelt besorgt.
Dann war es auch noch am Hintern so eng. Ich musste es zwei Mal umtauschen.
Es ist immer noch zu eng.
SCHLEICH
SCHLEICH
Bichuralein! Ich habe dich vermisst!
Ich würde dich am liebsten ausgestopft an die Wand hängen!
!
Ihr zwei kommt zu mir! Ich mache aus euch richtige Männer!
Hey, wo packst du denn hin?!
Bitte...
Hör damit auf!!

Was? Wirklich?
Die Todesgötter benutzen Tricks, um die Menschen zu töten?!
Ja, einer hat mittels Magie ein Mädchen auf die Schienen stürzen lassen.
Deswegen wurde sie als Sünderin eingestuft...
Seltsam, es ist grundsätzlich unmöglich, dass sich ein Todesgott in das Schicksal eines Menschen einmischt...
Außerdem existieren sie in verschiedenen Dimensionen, so dass sie sich nicht einmal berühren könnten.
Außer nach dem Abschließen eines Vertrages...
Dieser Vertrag verursacht sowohl in der Dämonen- als auch in der Menschenwelt Chaos...
Er hat zur Folge, dass dann die Welten verbunden werden.
Deswegen konntest du dich auch unter die Menschen mischen.
Du hast die Blätter absichtlich fallen lassen.

Auf jeden Fall kann man sagen, wenn die Todesgötter in der Lage sind, die Menschenwelt zu beeinflussen...
... ist irgendetwas in der Dämonenwelt im Gange.
Du musst vorsichtig sein, Kucabara.
Danke, aber keine Sorge.
Ich habe schon zwei Mal den Prozess gewonnen.
Hast du das etwa vergessen?
Ich habe es dir doch beim Verkauf der Verträge erzählt.
Diese Verträge sind so etwas wie eine Kampfansage an die Dämonenwelt.
Egal, wie zweifelhaft die Schuldzuweisung an die Unknown-Seele ist...
... es ist immer riskant, die Urteile rückgängig zu machen, die durch das Gesetz der Dämonenwelt gefällt worden sind.

Präg dir das tief in dein Gedächtnis ein.
Du bist nun zur Zielscheibe aller Todesgötter geworden.
Falls du einen Prozess verlierst...
... wird dein Körper zu Staub werden und endgültig von dieser Welt verschwinden.
Warum diese Pose?
Ich mache auf Erotikmodel.
Das ist bei den Menschen in.
...
Ach ja, Kucabara.
Ich habe interessante neue Ware bekommen. Willst du sie sehen?
Dämonen-Lackmuskarten.
Diese Karten werden in Verbindung mit Dark Matter eingesetzt.

Da ist aber nichts drauf.
Ich sagte doch, du brauchst das Dark Matter dafür.
Bichuralein, hol das Dark Matter, das du bei dir hast, heraus.
Das ist doch das Dark Matter, das ihr beim Kampf gegen Ponsol...
... erhalten habt, oder?!
Beim erfolgreichen Verteidigen einer Unknown-Seele...
... erhältst du nicht nur das Dark Matter von ihr.
Es enthält auch geringfügig das Dark Matter...
... des Verlierers, das vom gegnerischen Todesgott!
Das heißt, dass sich hier drin...
... das Dark Matter von Ponsol befindet.
DSSSS
!
DSUMM

Fertig!
Es scheint die Karte eines Pflanzen-Nekromancers zu sein.
Mit dieser Karte kannst du für eine kurze Zeit jede Pflanze in einen Dämonen-Geist umwandeln.
Wow! Das ist der Zauber von Ponsol!
Wahnsinn!
Und was bedeutet diese Sonne auf dem Bild?
Das ist allerdings ein Nachteil dieser Karte.
Durch die Karte wird die Gültigkeit des Einsatzzeitpunktes, ob tagsüber oder nachts, willkürlich bestimmt.
Das heißt, wenn eine Sonne abgebildet ist, kann man sie nur tagsüber...
... und wenn ein Mond, dann nur nachts einsetzen.
Aha?
Wie wär's? Trotz der Einschränkungen...
... kannst du jedes Mal mit diesen Karten, wenn du gegen einen Todesgott gewinnst, dessen Techniken und Zauber übernehmen.
Das wird dir von Nutzen sein...
... wenn du von einem Todesgott in die Enge getrieben wirst.

Dank...
Für 100 Gramm Dark Matter...
... pro Karte kannst du sie haben...
?!

Bin ich...
... jetzt tot...?
Und ist das...
... die Welt nach dem Tod...?
Kucabara
Menno... Sie hat mir das ganze Dark Matter abgenommen.
Ihr könnt aber wirklich keinen Druck aushalten!
HAU
KLOPF
Elimona ist die Dämonin unter den Dämonen...

KLIIING
Ja! Ankunft einer Unknown-Seele, hier Im Event Horizon!
Lasst uns gehen, Herr! Wir müssen arbeiten, um unseren Verlust wettzumachen!
Roger, Bichura!
Wer bist du ...?
Bist du... etwa Gott?
Hey!
Was tust du da?

Jetzt.
GA
BUMM
Deswegen solltest du langsam fliegen!
Ihr habt mir die Sicht ge- nommen!
Und wer seid ihr?
FUCHTEL
TRAMPEL
POLTER
Auaa!
RUCK

Zehn.
Wer bist du? Ein Todes-gott?
Was meinst du mit »zehn«?
Neun.
Wer zum Teufel seid ihr?
Acht.
Sieben.
SCHHHHHHH
Mein Herr, was ist das?
Schätze, ein Countdown...
Sechs.

Fünf.
Was?!
DABB
Hey, lass mich los!
Warum rennen wir denn?
Sieh doch, das ist eine Bombe!
Bevor wir in die Luft fliegen, müssen wir mit der Unknown-Seele fliehen!
Vier.
!
Wir sind jetzt ziemlich weit weg...